U0004808

音速老師的
日語成功筆記

—— 發音會話篇 ——

【圖解版】

朱育賢 KenC 著

首先，在你翻開本書開始進行學習前
請先確定已經閱讀了前一本
《音速老師的日語成功筆記：文法字彙篇》

純熟的會話技巧，建立在紮實的文法字彙基礎之上
缺乏正確的文法字彙學習技巧
口語會話能力也很難進步

講求實戰的「溝通導向學習法」

　　我們在本書所倡導的日文學習方式，是講求實戰的「溝通導向學習法」。簡單來說，就是學習時特別注重「口語能力」和「會話的流暢度」，目標是「擁有流暢的口語能力，以日文流利進行溝通，清楚表達自己的想法」。

　　擁有流暢的口語能力，在和外國人溝通時，能夠精準無誤地完整表達自己的想法，也可以將之稱為「會話導向式學習」。

　　當然，文法能力、字彙能力也很重要，也必須要有足夠長的學習時間，但是這些都只是達成「流暢口語能力」的工具之一。在這種情況下，人們學習外語的目的，並不是通過考試，而是有急切的需求，希望可以在最快的速度內開口說出外語，並且擁有足夠的會話能力，能夠和外國人進行基本的溝通。

　　事實上，在現實生活中，我們判斷每個人語言能力高低的基準，也是「口語能力」。日文說得愈是流暢，大家會認為你愈厲害，愈是能清楚而快速地以日文表達自己的想法，上司、同事、朋友就會認為你的日文學得愈好，這道理其實很單純。

　　所有的學習方法、學習過程以及所付出的努力，都是為

了達成「順暢無礙的溝通」這個目標。

你說：「我學了十年的日文，只是不太會開口說。」那其實就等於你從來沒有學過日文！甚至連剛開始學日文，但是能勇敢表達自己想法的初學者都比你厲害。

你或許會說：「我雖然不太會講日文，但是很會閱讀，很會書寫。」這是經常聽到的藉口，特別是在公司面試的時候。但這只代表你的努力不夠、對日文不夠熟練，或是努力方向錯誤。不能開口的話，你和 Google 的網頁翻譯功能有什麼差別呢？

你可能又會反駁：「某某人雖然很敢講，但是有時候文法錯得很離譜，這樣也沒關係嗎？」是的，這樣也沒關係。不！應該說，這樣才是最好的學習方法。你勇敢講出來，別人才有機會糾正錯誤的地方，然後你的錯誤就會愈來愈少，表達能力就會愈來愈流暢，而且至少別人能了解你的意思。如果明明會日文卻不開口，那麼在別人眼中，和不會日文是一樣的。

「等等，可是我又沒有要當口譯，有必要講得那麼嚴重嗎？我只是想去日本玩的時候知道怎麼問路而已耶！」

的確，如果你不是日文口譯，那麼確實不需要努力到那種程度，不過你也是人，人總是要說話，這一點大家並沒有不同。「如何幫助你更輕鬆自在地運用外語說話」就是「溝通導向學習法」的主要功能。即使你不是口譯，但是能夠自在地和日本朋友聊天、能夠愉快地進行一趟日本自助旅行，絕對是件令人非常興奮的事情，而且聽起來也比窩在房間裡

面啃文法單字書酷多了。

我們所謂的「溝通導向學習法」，主要有以下四項特點：成功者的學習方式、重視發音、重視口語能力、重視非語言溝通技巧。

① 成功者的學習方式

明明花同樣時間學習，有些人就是會進步特別快，這是為什麼呢？我們將徹底解說這類「語言天才」的學習方式。

② 重視發音

發音是口語能力的基礎，不會發音、或是發音不精準，經常和拙劣的會話能力畫上等號。

③ 重視口語能力

如果無法開口表達自己的想法，那麼就等於完全沒有想法，如果有好的意見，就應該大方表達出來。

④ 重視非語言溝通技巧

這也是進行口語會話時的重要能力。有時候對方不會明講出來，但是會用眼神、表情、肢體動作傳達他的想法，你必須知道該如何在適當時機，判斷這些重要的訊息代表什麼意思。

我們認為在現代的環境中，「溝通導向學習法」才是學習日文（甚至其他外語）最好的方法。為什麼如此重要呢？

主要有以下理由：

＊ 如果你口語能力好，代表絕對不會有閱讀或書寫上的問題。
＊ 能夠克服常見的啞巴現象。
＊ 發音是最容易「化石化」的部分。
＊ 「溝通能力」才是現代最需要的語言能力。

　　至於這些理由的說明，我們先賣個關子，詳情會在後面章節中陸續談到。我可以用自己的經驗當作例子，舉出許多優秀口語能力所帶來的好處，不過最重要的，仍然是口語會話能力能夠真正幫助我們「以語言享受生活」。

　　你能夠想像去日本玩的時候，講話前都要先滑手機開啟翻譯軟體嗎？你能夠想像在和外國人聊天的時候，突然說出「等我一下，我查看看這句的文法對不對」嗎？你能夠想像急著去上廁所時，卻只能比手畫腳詢問對方洗手間在哪裡嗎？放心，這些情況將不會出現。如果你有優秀的口語能力，代表你能結交許多外國朋友、想到什麼說什麼、自由前往國外旅行、獲得第一手國外資訊、還有在網路上和同好進行交流，這些事情都能夠讓我們的生活更快樂、更充實、更有成就感，這才是我們應該努力的目標。

　　為了通過考試而學習日文，有辦法幫助我們「以語言享受生活」嗎？不行，所以我們不要。上完許多課程後卻無法開口說，有辦法幫助我們「以語言享受生活」嗎？不行，所以我們不要。

活用口語能力，快樂交朋友、快樂旅行，有辦法幫助我們「以語言享受生活」嗎？可以，所以我們要。發音精準，讓人驚豔稱讚，提升自信心，有辦法幫助我們「以語言享受生活」嗎？可以，所以我們得努力做到。

　　現在，就跟著我們開始學習吧！

01
Chapter

成功者的學習方式
──思維篇

1.1 學習外語時正確的順序和方法

本章節中我們將向各位解說，在學習外語時經常聽到的「聽說讀寫」原則。我們應該以什麼樣的順序進行學習、又該使用什麼樣的方法訓練所謂的「聽、說、讀、寫」能力呢？

大家應該常聽到「聽、說、讀、寫」這四個字，聽過許多人說：「學習外語要兼具聽、說、讀、寫能力。」「要聽、說、讀、寫並重。」「要按照聽、說、讀、寫的順序進行學習。」

我們知道「聽、說、讀、寫」的能力都很重要，但是「聽、說、讀、寫」各自代表了什麼意義呢？

＊ **聽**：聽懂外語的能力。
＊ **說**：靈活以外語進行會話的能力。
＊ **讀**：閱讀外語文章的能力。
＊ **寫**：以外語書寫的能力。

這裡有二項大問題，和我們學習日文或其他外語息息相關：

① 我們學習外語時，是不是得按照「聽→說→讀→寫」的順序依序學習，來提升我們的語言能力呢？
② 有什麼方法，可以有效訓練「聽、說、讀、寫」這四項能力呢？

　　要回答這項問題，得先從「小孩如何學習母語」談起。接著，我們必須理解成年人學習外語、和小孩學習母語有什麼不同之處。最後，我們將依據自身教學和口譯實戰經驗、加上七年來超過 35 萬名音速讀者的學習經歷，告訴各位在學習外語時，該使用何種方式讓「聽、說、讀、寫」能力獲得快速進步！

【本回任務】做到請打 ✔

□ 理解什麼是「聽、說、讀、寫」能力

什麼是「聽說讀寫」？

聽　聽懂外語的能力

說　靈活以外語進行會話的能力

讀　閱讀外語文章的能力

寫　以外語書寫的能力

1 2　學習母語的順序

> 每個小孩都是天才，只是媽媽不知道！
> 每個人都是生而天才，只是自己不相信！
> ——蔡志忠，知名漫畫家

　　首先，我們針對「聽、說、讀、寫」的順序進行討論。

　　我們學習語言時，是不是按照「聽、說、讀、寫」的順序，逐漸使我們的語言能力進步呢？我們是不是必須先聽得懂、說得出來，最後才看得懂、才有能力進行書寫呢？

　　我們小時候學習母語時，的確是按照這樣的順序。我們從零開始逐步培養自己的中文能力，從完全不會講話的小嬰兒，經過四年後成為可以流利使用中文的小小孩。

　　當我們還是小嬰兒的時候，不會走路、也不會說話，只能聽爸爸媽媽說：「來……張開嘴巴……啊……」「睡覺覺喔！」

　　長大一點之後，我們開始會說簡單的字彙，像是「把拔馬麻」、「吃糖糖」等等，到了四歲左右，我們開始能夠簡單的交談，有能力使用較複雜的句型和單字，例如：「爸爸，我想去兒童樂園玩。」「媽媽，我想要那台機器人。」

　　到了上幼稚園的時候，老師會教我們閱讀注音符號、認

識簡單的國字，開始會看故事書，有些地方甚至還會教英文字母。

到了小學時期，我們開始學習書寫作文、每天也有作業要寫。小學高年級後，我們的書寫能力逐漸成熟，寫作文時不再需要使用注音符號，我們除了可以靈活運用中文說話之外，還能夠用中文流利書寫文章。

當我們學習中文、學習母語的時候，確實是依照「聽、說、讀、寫」的順序進行學習、依序進步的。我們先會聽爸媽說話，接著會開口要糖果，然後看得懂故事書，最後我們有能力寫完堆積如山的作業，以免明天被老師打屁股。

那麼，當我們學習外語的時候，也同樣是依照「聽、說、讀、寫」的順序進行學習嗎？我們聽過太多人說、太多老師建議、太多教材告訴我們，學習外語時，也要仿照小孩學習母語的模式，按照「聽、說、讀、寫」的順序、按步就班地訓練自己的語言能力，才是最有效率的方法。

如果小孩能夠以這樣的方式學好中文，那麼我們也應該能夠依照相同的方法學好外語才對。但是，事實真的是這樣嗎？

小孩學習母語的順序

聽 從聽爸爸媽媽的話開始

說 會說些簡單的字句

讀 幼兒開始學注音符號
學習認識國字

寫 小學後開始寫作文、作業

【本回任務】做到請打 ✔

☐ 理解「聽、說、讀、寫」各自代表的意義
☐ 理解我們小時候學習母語的順序

「聽、說、讀、寫」順序 不適合學習外語

　　我們以日文為例進行說明，其實在學習日文的時候，並不是依照「聽、說、讀、寫」的順序學習的。

　　回想一下我們學習日文五十音的時候。老師先在白板寫上大大的「あいうえお」，告訴我們這些假名的發音是「a i u e o」，然後請我們跟著複誦幾次，直到唸到順暢為止。接著老師在白板上示範每個假名的正確寫法，要我們在白紙或練習本上多寫幾次，並且會來回巡視，糾正我們錯誤的寫法。因此我們會先記住「あいうえお」，其次是發音，再來是曉得如何正確唸出來，最後才是學會如何書寫，因此我們學習的順序是「讀、聽、說、寫」。

　　我們學習日文「漢字」的時候，則是先會讀和寫，接著才會聽和說。舉例來說，「電話（でんわ）」這個日文漢字，即使完全不會日文的人，也能輕易明白是中文「電話」的意思，但是如果沒有學過日文，就不會知道「電話」日文發音為「でんわ」，更不可能開口說。

　　絕大部分的日文漢字都和中文字相似，所以我們在學習漢字的時候，能夠以中文為基礎，直接了解其寫法和意思，而不用重新學習如何寫字，但是漢字的假名發音則需要特別學習。因此，當我們在學習日文漢字的時候，是先會「讀、

寫」、其次才會「聽、說」，順序應該是「讀、寫、聽、說」才對。

另外還有一項日常生活中的例子。日文檢定考試中，大家成績最低的項目，絕大多數都是聽力測驗！在日文單字和文法項目的測驗中，我們可以拿到很高分，但是聽力的成績卻總是低得可憐。我們認識許多人，即使他們通過了日文檢定 N1，即使各項成績都接近滿分，但遇到臨時要講日文的時候，還是說不太出來，好像所有學到的日文都卡在喉嚨裡一樣。對每一個人來說，學習外語時最難的部分，通常是「聽」和「說」，而不是「讀」和「寫」，因此，這也和「聽、說、讀、寫」的順序不同，而會變成「讀寫→聽說」的形式。

由以上情況可以看出，我們在學習日文的時候，並不是依照我們所熟悉的「聽說讀寫」原則進行學習的，而我們語言能力的進步，也不是依照「聽、說、讀、寫」的順序，並不是先聽得懂日文會話、最後才會寫日文五十音。

顯然，「聽、說、讀、寫」這個大家熟悉的學習順序，並不適合使用在我們學習日文的時候（可能也不適用於學習其他外語）。

那麼，為什麼小孩可以用「聽、說、讀、寫」的方式，很自然地精通母語，而我們大人卻不能呢？還有，既然「聽、說、讀、寫」這個順序不適合用來學習外語，那麼我們該使用何種方式學習呢？

學習日語五十音的順序

| 讀 | 認識假名的字形 |

| 聽 | 老師示範假名如何發音 |

| 說 | 我們實際唸一次看看 |

| 寫 | 練習書寫、學習正確筆順 |

學習日語漢字的順序

讀 看得懂漢字意思

寫 知道漢字怎麼寫

聽 學習漢字的假名發音

說 查詢漢字詞彙重音，實際唸出來

【本回任務】做到請打✔

□ 了解學習日語時的「聽、說、讀、寫」順序

□ 理解學習母語和學習外語的順序並不相同

14 小孩學習母語／ 大人學習外語的差異

> 天才在於積累，聰明在於勤奮。
>
> ——華羅庚，中國著名數學家

我們從經驗法則中可以知道，大人其實無法像小孩子一樣，能夠從生活環境中自然而然地學習語言。

【實例一】

我們小時候，只要爸爸媽媽平時跟我們說說話，到了二歲左右就能開口說中文，四歲的時候就能將中文使用地相當流利。但是我們長大後學習英文，即使每天上英文課、看英文雜誌、收聽英文廣播，國中加高中學了六年，還是很難使用英文流暢地進行會話。我們如果將五、六歲的小孩送到國外就學，不出二年的時間，他們就能夠使用外語和同學聊天、嬉笑打鬧，而且外語發音非常標準。

但是成人之後，即使在外國住了五、六年，還是很難像使用中文一樣流利地用外語溝通。可能會說一些日常會話，但是遇到太難的語句時就必須想一下，我們的外語發音也會多多少少帶有一些台灣腔，沒有辦法像小孩一樣，自然而然就能夠學會標準的腔調。

【實例二】

根據一份研究報告，針對居住於美國的外國僑生進行調查指出，若是讓一位外國人，在小學的階段移居美國，在美國生活和接受教育，那麼過了約二年後，他就能夠使用英文進行會話，過了四年後，他說出來的英文就和美國人沒有任何不同了，而且如果沒有多加練習，他會逐漸忘記母語，使得母語能力退步。

如果在國中階段移居美國，那麼必須花更多時間熟悉英文，可能會從二年延長至三年，然後必須再過幾年後，才能夠和美國人一樣說出非常標準的英文，不過他們的母語不太會忘記，還是能夠使用母語進行談話。

但是，如果是高中之後才移居美國，也就是大約過了青春期的年齡，那麼就必須花很長的時間，才能夠流利地使用英文。而且必須經過相當程度的練習，發音才能夠像美國人一樣標準，但是或多或少仍會帶有母語的腔調。相對地，他們不會忘記自己的母語，在學校或公司時，他們使用英文談話，但是私底下則傾向使用自己的母語和別人溝通。

年齡和學習語言的方式有重大關係，年紀小的時候，可以用「自然」的方式學習，但是到了一定年紀之後，則無法自然而然地學會，而是必須依靠教育和練習，才能夠精通一項語言。

因此，小孩學習語言、和大人學習語言，在根本上具有非常大的差別。我們先前說過，小孩可以用「聽、說、讀、寫」的方式學習母語，但是大人卻不行。這到底是為什麼

呢？大人和小孩在學習語言時到底有什麼差異呢？

　　差異主要有以下三方面：

　　① 小孩靠記憶力學習，大人靠理解力學習語言。
　　② 小孩靠習慣學習，大人靠興趣學習語言。
　　③ 小孩靠耳濡目染學習，大人靠教育學習語言。

① 小孩靠記憶力學習，大人靠理解力學習語言

　　小孩的記憶力非常好，學習語言的模式，簡單來說就是「記得聽到的東西→說出來」。小孩很容易就能學會日常會話，學習注音符號和國字的寫法時，也記得很快，他們的記憶力驚人，以超強的記憶力學習語言。

　　但是，隨著年齡增長，我們的記憶力會愈來愈差，不再像兒童時期一樣過目不忘。我們小學時背誦九九乘法表，一個晚上的時間就可以背起來，到現在都不會忘，但是國中時期學習的化學元素週期表，一畢業就還給老師，幾乎不用多久就會全部忘記。我們再也不能像小孩一樣，使用「記得聽到的東西→說出來」的自然方式學習語言。

　　事實上，我們小時候不用閱讀任何課本，就能夠學會中文，但是當我們在學校上英文課時，我們開始學習文法、學習發音、學習常用字彙和句型，開始閱讀教科書、聽老師講解，我們開始使用「理解」的方式來學習語言。

　　雖然我們的記憶力會隨著年紀而衰退，但是「理解能力」卻會隨著年紀而增長。在學習外語時，理解能力是成年

人最大的武器，即使記不住，也可以去理解其規則，然後學習如何使用正確的外語說話，「文法」就是這樣產生的。**「文法」讓我們即使記不住每一句話，也能夠依照語言的規則去理解所看到的文字。**

當我們學習母語的時候，不會用到文法、而是憑習慣和直覺來使用。

【中文範例】

　① 你要吃什麼嗎？

　② 你要吃什麼呢？

　→ 這裡的「嗎、呢」有什麼不一樣？

我們大部份人會覺得二者不太一樣，不過解釋不出來，反正講話時憑直覺就知道該用哪一個了……

但是當我們學習外語的時候，則是會去理解文法、了解句型如何使用，然後依照文法來創造出正確的語句。

【日文範例】

　① 電車が遅れたので、出勤に遅れた。

　　（由於電車誤點，因此上班遲到了。）

　② 電車が遅れたから、いらいらした。

　　（由於電車誤點，因此令人心情煩燥。）

　→ 這裡的「ので、から」有什麼不一樣？

文法上「ので」、「から」這二個用法都是表示「理由」，但是前者較客觀、後者較主觀。因此表示客觀發生的事情時，使用「ので」，表示個人主觀情緒時，使用「から」。

　　我們憑感覺在使用中文，自然就能說出正確的中文，而不知道為什麼正確、為什麼錯誤。在學習外語時，則是經由文法來理解不同用法的差別，即使記不住聽到的每一句話，依然可以依據文法，來判斷這些語句是否正確、是否自然。

小孩和大人學習語言的差異

 記憶力強 ⇨ 記住聽到的話 以直覺方式 使用語言

 理解力強 ⇨ 以文法規則來 理解看到的 外語字句

② 小孩靠習慣學習，大人靠興趣學習語言

　　小孩學習語言時，依據周圍環境來決定語言的種類，以習慣的方式學習，和個人喜好無關。例如在家裡習慣使用台語和家人溝通、在學校則習慣使用國語和老師、同學溝通，那麼你就會同時擁有國台語的能力。

　　這時和個人喜好無關，也沒有刻意去學台語，僅僅只是因為環境和習慣的關係，在家裡習慣用台語、在學校習慣用國語，我們自然而然就能精通這二種語言。

　　但是大人學習外語時，就完全不同了，個人喜好變得十分重要。簡單來說，有興趣、喜歡的語言，就能夠學得特別好，沒有興趣、不喜歡的語言，就絕對不可能學得好。

　　比方說，如果我因為運動比賽作弊事件而討厭韓國，那我就絕對不可能學得好韓文，萬分之一的機率都不可能，因為我打從一開始就不會翻閱韓文課本、不會學習韓文字母。

　　我們對於有興趣的事物才會激起求知欲，才會想知道更多、學習得更深入，並且從頭到尾努力不懈，如此一來，才可能學好一項語言。小孩的話，只要周圍的人用什麼語言說話，他們就會習慣使用那種語言，無論喜不喜歡都可以學得很好，但是大人可就沒有這麼簡單了。

　　在語言學領域中，關於學習語言的動機，大致可以分為二種：「文化性理由」和「道具性理由」。

　　「文化性理由」：意思是你對於該國的文化感到非常有興趣，因此想學習該國的語言。如果你是由於電玩、音樂、日劇、流行時尚、武士、忍者、茶道、歌舞伎等等原因，對

日本文化產生興趣，進而想學習日文的話，那麼學習動機就是屬於「文化性」。

「道具性理由」：意思是你出於實務用途，而想學習該國語言，以語言為工具，使自己在工作或金錢等實務方面更為順利。如果是為了找工作、為了加薪、為了業務需要、為了不被裁員而學習日文，並非對日本有興趣，而只是純粹將日文當作一個工具來使用，就像大學學歷一樣的話，那麼你的學習動機就是屬於「道具性」。

有一派學者認為，無論你學習外語的目的是出於「文化性」或是「道具性」，都可以將外語學得很好。

例如：台灣有許多人學習日文，就是出於對日本文化有興趣的「文化性」理由，大家很喜歡去日本旅遊、喜歡聽日本歌曲、喜歡看日本節目。有充分的動機學習日文，也較能持續學習下去，因此有許多人能夠將日文說得非常好。

另外像是新加坡，為了提升國際競爭力，將官方語言定為英文，從小學開始就有英文課、同時許多課程也以英文授課，這就屬於「道具性」理由。而「道具性」理由也有助於學習語言，事實上，新加坡幾乎所有人都會說英文、也聽得懂英文。

既然「文化性」和「道具性」的學習動機，都能讓我們學好外語，那為什麼我們還要講求「興趣」呢？

原因在於學習年齡的不同。如果你是五、六歲的小孩，那麼無論是你對電視卡通有興趣而學習日文、或者是父母特地送你到日本培養你的日文能力，無論是出於「文化性」或

「道具性」，都可以將日文學得很好，就像學習自己的母語一樣。只要周圍有很多人使用日文，那麼自然就會說日文，和有無興趣沒有關係。

不過如果是大人，出於「道具性」目的而去學習日文，那麼將會很痛苦。如果你明明對日本沒有興趣，只是為了工作的關係被強迫不得不學，你一定會邊學邊抱怨、愈學愈難過，這種和內心想法背道而馳的學習方式，是很難將日文或任何語言學好的。

相反地，你對於日本文化有興趣的話，那麼學習起來就會特別開心，不會有被強迫的感覺，壓力少得多、同時也不會感到痛苦，如此一來，才有可能學好日文。

就結論而言，當小孩學習母語或其他語言時，無論是「文化性」或是「道具性」的學習動機，都能夠學得很好；但是，大人的話，則必須出於「文化性」學習動機，有興趣，才能將任何一種外語學好。當然，如果同時具備「文化性」和「道具性」，那就更好了，一舉二得。就結論而言，在學習語言方面，小孩經由習慣學習，大人則經由興趣學習，差別甚大。

學習外語的二種不同動機

1 文化性理由

▷ 對於該國文化非常有興趣，因此想學習其語言

▷ 例如：電玩、音樂、日劇、流行時尚

2 道具性理由

▷ 出於實務用途，而想學習該國語言

▷ 例如：為了找工作、為了加薪、為了業務需要

💡 成年人學習外語，一定要有文化性理由，
否則會學得非常痛苦（也可以同時兼具二種）

③ 小孩靠耳濡目染學習，大人靠教育學習語言

　　小孩靠耳濡目染學習語言，只要有了適當的環境，便能夠從環境中自然習得語言，大人則不同，必須經由「教育」來學習語言。

　　學齡前的小孩，將他們放在任何環境當中，他們都能學到該環境中所使用的所有語言。舉例來說，如果我爸爸說台語、我媽媽說客家話、學校老師說國語，那麼我就同時擁有使用這些語言的能力，我就能夠自由使用國語、台語、客家話。如果你將小孩送到美國，讓他在那裡接受教育，那麼不久後他們就能夠靈活使用英文，就像《精靈寶可夢》中的「百變怪」一樣，到了不同環境，就可以化身成不同的型態、擁有不同的特殊能力。

【題外話：生成文法理論】

　　語言學當中，有一項「生成文法」的理論，雖然幾乎沒有實際用途，但是內容十分有趣。「生成文法」學說認為，人類一出生的時候，就擁有一個能夠學習任何語言的萬能機器，身處任何語言環境下，都能學會該語言，而且無論語言的「學習來源」多麼缺乏，都能夠獲得很好的語言能力。

　　舉例來說，我們從出生到四歲這段期間，說話的對象只有父母親二個人而已，只有父母親會三不五時對著小嬰兒的我們說幾句話，我們並沒有接

觸其他人，無法獲得關於中文的更多資訊。即使如此，我們光靠著父母親三不五時的幾句話，在二歲左右就能說話表達自己的意思，四歲左右時更能夠流暢地使用中文。這看起來相當不可思議，簡直就像我們閱讀一本課本後，就能開口說日文一樣。即使周圍的語言資訊再怎麼不足、學習中文的來源只有父母親二個人，小孩還是能夠培養出標準的中文能力，可以靈活地運用中文。

因此，「生成文法」理論認為，我們出生時都內建有一部優秀的機器，可以無意識中學習任何文法、字彙、發音，能使用母語創造出無數符合文法的語句，我們可以「生成」無數正確的「文法」，即使我們隨便亂講，依然是正確的中文，不會帶有奇怪的腔調，也不會出現文法不自然的情況。

不過，隨著年齡增長，這一部萬能機器就會慢慢退化，到了大約青春期後，機器就會完全壞掉，我們再也無法藉由「自然學習」的方式來習得語言，而必須經由文法、句型、教學的方式來學習。

小孩可以經由環境的耳濡目染學習語言，但是大人沒有辦法，必須依靠「教育」學習語言。

比方說，如果你完全不會日文，那麼我教你一個月的文法、字彙和發音規則，絕對會比將你一個人直接丟到日本生

活一個月來得有效率，你能夠學習到更多日文知識、也會知道如何開口說日文、知道簡單的常用句型，比起一個人在黑暗中摸索，進步速度會更快。

我們沒有小孩的天才記憶力、也沒有萬能機器，因此我們選擇看書、上課，選擇以理解文法句型的方式學習、而不是死背每一句聽到的話，我們選擇使用各種管道練習日文、而非放著不管就會自動進步。我們藉由「教育」的方式來學習，我們會追求最易懂的文法說明、最好的教材、最優秀的師資以利學習，這是小孩和大人的最大不同點。小孩靠耳濡目染學習語言，大人靠教育學習語言，出發點的不同，造成學習方式上有著巨大差別。

我們這一章節的目的是告訴你，小孩學習語言的方式，和大人學習語言的方式截然不同，想以小孩的方法來學習外語，就像把腳套進尺寸不合的鞋子一樣，不但無法前進，還會愈走愈痛。

小孩和大人學習語言的差異

 ➡ 環境
耳濡目染 ➡ 自然而然
不用努力就能
學會一種語言

 ➡ 教育方式
學習 ➡ 追求
最好的教材
最好的師資
提高學習速度

【本回任務】做到請打✔

☐ 具體理解小孩和大人學習語言的三項差異

☐ 了解大人的記憶力不如小孩,但是具有很強的理解力

☐ 了解大人的語言環境不如小孩,但是可以靠興趣學習

☐ 了解大人很難自然習得一種語言,但是靠教育依然可
以精通

總結：小孩和成人學習語言的不同之處

1 小孩靠記憶力學習，大人靠理解力學習語言

2 小孩靠習慣學習，大人靠興趣學習語言

3 小孩靠耳濡目染學習，大人靠教育學習語言

學外語時，別再說要模仿小朋友的自然學習方式了，
那是不切實際的事情

徹底解析學習外語的「聽、說、讀、寫」

在我們小時候學習中文時，經歷過「聽、說、讀、寫」四個階段，其中「聽」最先學會、最容易，「寫」則是最晚學會、也最困難。

在學習母語時，「聽、說、讀、寫」的難易度為「聽＜說＜讀＜寫」。那麼，在學習外語的時候，「聽、說、讀、寫」的難易度又是如何呢？是看懂外語文章比較難、還是開口說出外語比較難呢？我們可以將學習外語時的「聽、說、讀、寫」各種能力，依照以下幾項標準來區分、評斷其難易度：

* **思考時間**：思考外語意思的時間。可思考時間愈短，愈難。
* **回應時間**：接收外語訊息後，是否需要做出回應（像是聽完對方的話之後進行回覆）。必須做出回應的時間愈急迫，難度愈高。
* **輸入輸出**：是屬於接受資訊的輸入作業，還是屬於發送資訊的輸出作業。輸出作業難度較高。

將「聽、說、讀、寫」四項能力，套用上面的選項後，就會如下所示：

① **讀**：思考時間長，不需回應，單純輸入作業。
② **聽**：思考時間短，不需回應，單純輸入作業。
③ **寫**：思考時間長，需要回應，輸入＋輸出作業。
④ **說**：思考時間短，需即時回應，輸入＋輸出作業。

「聽說讀寫」四項能力解說

	思考時間	回應時間	輸出輸入
讀	長	不需要	單純輸入
聽	短	不需要	單純輸入
寫	長	需要（不需即時）	輸入＋輸出
說	短	需要（需即時）	輸入＋輸出

【讀的能力】

首先，關於閱讀能力。我們在閱讀文章、閱讀課本的時候，有很充分的時間可以思考，遇到不懂的文法和不懂的單字，還可以查一下字典、或是用網路搜尋看看，愛花多少時間就花多少時間，因此可供思考的時間很長。閱讀的時候，只要自己知道書籍文章的內容就好，不需要和別人接觸，不

需要思考過後做出回應，因此也沒有所謂的回應時間。在閱讀的時候，我們是單方向從書本、雜誌、或是網路上吸收訊息和知識，因此屬於「單純輸入作業」。

【聽的能力】

　　其次，關於聽力。我們聽別人說話、或是考試中的聽力測驗題目，在聽到訊息之後就必須立刻理解，幾乎沒什麼時間思考，我們沒有時間去思考其中沒聽過的單字、沒學過的文法，一旦花時間思考，就會聽不到對方接下來說的話。因此，在聽力方面，我們可供思考的時間是很短的。不過，如同閱讀能力，當我們聽廣播、聽 CD 的時候，也是自己了解意思即可，不會和別人產生對話，因此也不需要思考後以外語做出回應。我們在聆聽的時候，是單方向由廣播、CD 等等多媒體，以及別人所說的話吸收相關資訊，因此屬於「單純輸入作業」

【寫的能力】

　　接著，關於書寫能力。在進行寫作時，例如：寫作文、寫日記、寫信，我們有很長的時間，可以慢慢思考要用什麼樣的文法、什麼樣的字彙、以及什麼樣的表達方式來書寫，不會有人催。我們可以寫好後再修正、也可以一邊寫一邊修正錯誤的地方，因此思考的時間很充足。

　　不同於前二項能力，我們在書寫的時候，雖然可以單方面寫很多文章供他人閱讀，但是一般的情況下，都是有來有

往的，別人寄信給我們，我們回覆他們，或是我有事傳簡訊給對方，對方接收到之後回傳，因此，書寫能力屬於「輸入＋輸出作業」。

【說的能力】

最後是說話能力。當我們使用外語時，反應必須非常快，在開口之前可以大概想一下要說什麼，但是一旦開始聊天講話後，是沒有時間去思考該用什麼文法、該用什麼字彙的，必須在最快的時間內，將自己的想法清楚以外語表達出來，因此，思考時間是很短的。

另外，說話能力建立在聽力的基礎上，必須先聽得懂對方說什麼，才有辦法回答、做出合適的回應。在聽到對方的發言後，我們必須在一瞬間理解對方話中的意思，同時以最快的速度整理自己的想法、然後在很短的時間內做出回應，難度很高。

然後，我們在說話時，一定會有對象。一下子他說話、一下子你說話，除了得聽懂對方的話，還必須表達自己的意見和想法，同時接收資訊和發送資訊，屬於「輸入＋輸出作業」。

綜合以上的分析結果，當我們學習外語時，「聽、說、讀、寫」的難易度，由難到簡單應該是：說＞寫＞聽＞讀。

另外，「聽、說、讀、寫」四項能力，並不是互相分開、彼此獨立的，而是像同心圓一樣、具有內包關係，這才真正符合實際的學習情況。

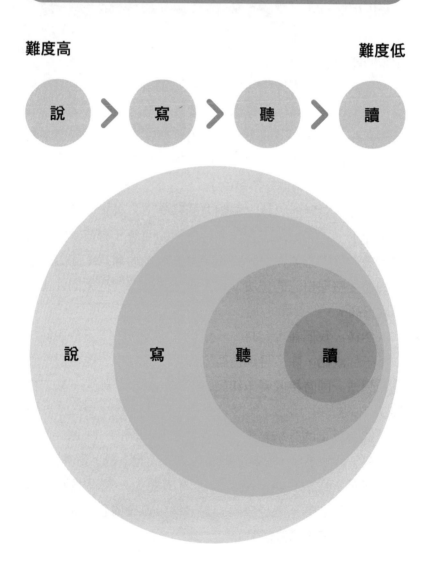

　　簡單來說，如果你具有優秀的會話能力，那麼你在書寫、聽力、閱讀方面都不會有問題；如果你能夠使用外語流暢書寫，那麼你在聽力、閱讀方面都不會有問題，但是很難保證你的會話能力也一樣好。

　　如果你具有良好的聽力，那麼你在閱讀文字時一定沒有問題，但是書寫和會話能力就不一定了。有許多人擅長筆試，文法和聽力都難不倒他們，但是一旦進入寫作與口說測驗，就立刻舉手投降。

　　最後是閱讀能力，如果你看得懂課本文章，那麼接下來你要做的事情，就是努力去提升聽力、書寫和會話的能力。

　　舉例來說，我們看得懂日文報紙，不代表我們聽得懂新聞廣播；我們聽得懂新聞廣播，不代表我們寫得出新聞稿；我們寫得出新聞稿，不代表我們有資格站上播報台。但是一位播報新聞的主播，他一定有能力撰寫播報用的新聞稿、一定聽得懂新聞、也一定看得懂報紙。

　　就是這麼簡單的道理。如果你能夠流利地以外語演講，例如日本學者大前研一，能夠將外語能力提升到即席演講的程度，在說的方面很厲害，那麼我們很難想像你會有寫不出外語文章、聽不懂外語新聞、或是看不懂原文書的困擾，因為這種事根本不可能會發生。相反地，我們見過許多通過日文檢定 N1 的人，閱讀和聽力十分熟練，但卻苦於無法開口說出流利的日文。

　　題外話，大家知道「口譯」和「翻譯」的差別嗎？「口譯」指的是當場即席翻譯別人說的話，「翻譯」則是翻譯書

籍文章之類的文字資料。因此，如果我說自己是「日文口譯」，那麼就是指我主要從事口語翻譯工作，如果我說自己是「日文翻譯」，那麼我主要從事的就是文書翻譯工作。

以一般情況來說，口譯具有很強的外語和本國語言能力，能夠在聽到對方說話之後、快速反應轉換成另一種語言說出來，因此對於口譯來說，普通的文書翻譯是難不倒他的（當然小說和專業書籍文件例外）。

但是，從事文書翻譯的日文翻譯，若要從事講究即時和反應快速的口譯工作，那麼可能會吃上很大的苦頭，因為在翻譯書本時可以慢慢想，但是口譯是幾乎沒有時間思考的，必須聽到語句後反射性地翻譯出來，和翻譯文章差異甚大。

這也符合我們剛才的圖表和說法，如果我們擁有優秀的會話能力，那麼在「聽、讀、寫」方面也不會有太大問題。相對地，如果我們擁有的只是「書寫能力」，那麼還是不見得能夠流暢地進行會話。

【本回任務】做到請打 ✔

□ 理解「聽、說、讀、寫」的具體內容和難度
□ 理解學習外語時，難度為「說＞寫＞聽＞讀」
□ 了解各項能力並非彼此獨立，而是具有內包關係

16 最高準則：「說」

> 許多人高估了自己一年內所能做的事，卻嚴重低估
> 了五年後可以達到的成就。
>
> ──彼得・杜拉克（Peter Drucker），管理學大師

我們在上一章節中，了解外語學習「聽、說、讀、寫」
的關係，以及這四項能力的難易度：「說＞寫＞聽＞讀」。

那麼，這項訊息能夠為我們學習外語時帶來什麼啟示
呢？我們該如何調整自己的外語學習方式呢？

首先，我們可以將之前提到的「同心圓」圖表，轉換為
下一頁的「金字塔」形式，明確表現出「聽、說、讀、寫」
和語言能力高低的關係。

「聽說讀寫」金字塔圖

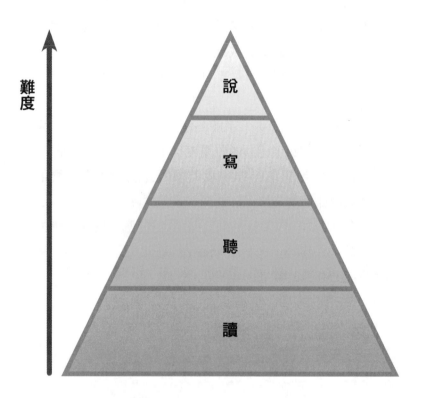

　　這幅金字塔形狀的圖分為四層，最底下是「閱讀能力」，中間是「聽力」和「書寫能力」，最上層則是「說話能力」，高度和語言難度成正比，位置愈上面，表示難度愈高、愈不容易精通。

　　那麼，這個圖表對於我們學習日文有什麼幫助呢？能夠給予我們什麼啟示呢？有，那就是，**學習外語時請永遠以「說得出來」為目標而努力。**

　　相信每個人學習日文的時候，心中都抱持著不同的目標，有人想看懂日文小說、有人想看懂日劇、有人想聽懂日文歌、有人想交日本朋友、有人想去日本旅行、有人則是因為工作或學業而不得不學日文。無論學習動機和目的是什麼，都建議各位從今天開始，將目標訂為「能夠流利地說出日文」。

　　如果我們以最高層級的「說」為目標而努力，那麼「聽、讀、寫」等等方面的問題都會迎刃而解。你應該很少看到有人能夠流利使用日文和客戶對話，但是卻有寫不出日文、看不懂日文書信、或是聽不懂日文的困擾吧。

　　相對地，如果將目標設定在「閱讀日文書籍」，那麼即使真正達到目標了，隨之而來的就是「聽不懂」、「說不出來」等等問題，許多學習日文很久、但是一旦說話就變成啞巴的人，就是遇上這種情況。語言在圖書館內是學不起來的，因為讀書只能訓練閱讀的能力，而無法訓練聽力和口語能力。

　　將目標設定為「流利說出日文」，在努力訓練自己發

音、口語能力的時候，「聽力」、「閱讀」、「書寫」等等語言能力也會一併提升。即使你的目標並不是成為日文口譯，而是只想有空時到日本玩，還是應該將重點放在加強口語能力方面，當經過不斷練習、好不容易可以說出幾句日文的時候，「聽力」、「閱讀」方面的能力也會大幅進步。

瞄準月亮的話，至少會射到飛鳥。如果一開始以難度最高的「說話能力」為目標而努力，即使由於各種因素，讓你遲遲無法流利開口說出日文，那麼你至少會擁有基本的聽力和閱讀能力。但是如果一開始以「閱讀能力」為目標，那麼一旦達不到目標，就什麼都沒有了，看不懂、聽不懂、說不出來，等於是白花時間學習。

結論：「說話能力」能帶動「閱讀」、「聽力」、「書寫」的學習，因此學習時，請將心力放在「說得出來」。

【實例一】

當我們學到「〜に行きます／来ます」這個句型時：「喔，這個句型是表示去哪裡的意思嘛，我知道。」光是這樣還不夠，必須想一些單字填到裡面，實際造出一些句子，如同《音速老師的日語成功筆記：文法字彙篇》提到的「代入式學習法」，例如：「日本に行きます」、「家に来ます」、「学校に行きます」，也可以使用一些有趣的句子加強記憶，像是「かわいい猫は家に来ました」、「宇宙人の星に行きます」等，然後將這些句子實際唸出來，多唸幾次，確認自己的重音有沒有錯誤、會不會吃螺絲、聲調會不會太

低沉。經過幾次練習，當我們能夠非常流暢地唸出這些句子後，表示已經完全熟悉「～に行きます／来ます」這個句型，日後無論是在書上看到、還是在日劇中聽到，都能夠立刻了解意思，不會出現看不懂、聽不懂的情況。

【實例二】

　　同樣地，當我們記憶單字的時候，也不能只是「くるま、車子、くるま、車子、でんしゃ、電車、でんしゃ、電車」這樣重覆背誦，像學生時期背課本上的單字一樣，否則只能記得日文字彙的中文意思、在默寫的時候派上用場，一旦和日本人對話時，很容易聽不懂對方的話，也無法實際使用出來。同樣地，應該要為這些單字找一個句型套進去，就和「實例一」在記憶文法句型的時候一樣。比方說，當我們記憶這些交通工具的名稱時，可以找一項相關句型，例如「～に乗ります（乘坐）」，我們可以把交通工具套進去進行造句：「くるまに乗ります」、「でんしゃに乗ります」、「飛行機に乗ります」，然後將這些句子唸到非常熟練、非常順暢，記憶單字的同時，還能訓練口語能力和聽力。下次遇到這些單字時，不但能夠看得懂，還能夠聽得懂，也能夠實際用在會話之中，不會發生「でんしゃ……あの、えっと……」這樣不知道該如何用單字表達想法的窘況。

　　事實上，這也是我們進行口譯工作時，不可缺少的訓練工作之一。我們接到的每一件口譯案件，專業領域都不同，從電腦高科技到建築工地都有，我們在記憶這些專業語彙的

時候，除了看得懂之外，當別人提到這些語彙時，我們要能夠即時翻譯，因此，也會使用上述方式來訓練自己的口語能力，讓自己在口譯現場時，能夠熟練地掌握這些專業語彙的使用方式，面對大家侃侃而談。

以往許多人會認為「寫」的部分最難，但是學習外語時，「說」才是最困難的部分。我們能夠寫出一篇作文，不代表能夠進行即席演講。寫作的時候有充分時間思考，說話的時候則沒有，如果我們可以流利地使用外語溝通，那麼將我們所說的這些話寫下來，相信也不是太困難的事。

學習外語時，講求實戰性，重點是如何在短時間內達到最高的學習效率，因此最佳的學習順序並非「聽→說→讀→寫」，而是應該一開始就以「說得出來」為目標努力，如此一來「聽、讀、寫」的能力自然也會跟著進步。

【本回任務】做到請打 ✔

☐ 了解大原則：學習外語時、永遠以「說」為目標

☐ 學習日文時，將最大心力放在「說得出來、說得通順」上面

☐ 學習文法句型要花時間實際造句、唸出來、唸熟唸順

學習外語的「聽說讀寫」最佳順序

✗ 聽 ⇨ 說 ⇨ 讀 ⇨ 寫

○ 一開始就以「說得出來」為目標努力，
如此「聽、讀、寫」能力自然會進步。

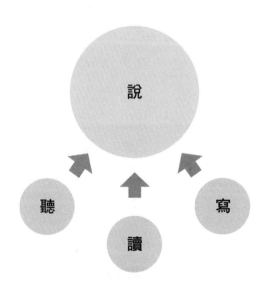

02
Chapter

成功者的學習方式
——實戰篇

2 1 成功人士實行的「Ｘ型學習模式」

> 偉大的事並非憑著衝動做成的，而是一系列的小事所串成。
>
> ——梵谷（Vincent Van Gogh），荷蘭畫家

有許多人問我，為什麼我學習日文這麼短的時間，就能夠通過日文檢定 N1，就能夠開始從事翻譯和口譯的工作？為什麼同樣的學習時間，其他人還忙著背課本上的單字，我就能夠獲得如此出色的成果？

我思考了一下自己的學習經歷：是我特別聰明嗎？不，比我聰明的人太多太多；是我記憶力特別好嗎？老實說，我連昨天晚餐吃什麼都不記得；是我特別努力嗎？這還真不好意思說，比我努力的人也是太多了，許多人一天唸書十個小時，我連十分之一都不到，而且我喜歡出去玩甚於看書；是我運氣特別好嗎？沒錯，我生長在台灣，懂得國語和台語，相當有利於學習日文，但是如果你和我一樣住在台灣，一樣會國、台語，那麼我們的運氣都一樣好，出發點完全相同。而且，我沒有語言背景、沒有出國留學、同時以前還有嚴重的口吃。

　　我的父母都是道地的台灣人，我從小住在台灣，最近比較頻繁去日本，但是待在日本的時間，從來沒有超過二星期。還有，從我小時候到大學為止，都有嚴重的口吃，連一句完整的中文都講不太出來。別說優勢了，我不僅一點優勢也沒有，相反地，還多出許多別人沒有的劣勢。我是很好的見證和正面教材，我時常和別人說，如果連我都能夠學好日文，那麼你們沒有理由學不好。我知道各位在學文法、背單字時遭遇到很多困難，但是絕對不會比從一個口吃患者成為日文口譯更困難。

　　隨著我的口譯工作慢慢增多，我也認識了許多語文專業人士，包括日文老師、翻譯、口譯、導遊、廣播節目主持人、外商公司主管、外交官、空服人員等等，許多人由於工作繁忙的關係，根本就不可能有時間留學、或是到國外學習語言，但是他們的外語能力卻好到令人匪夷所思，能夠說出非常標準且道地的英文或日文。他們也覺得我匪夷所思，竟然可以在這麼短的時間內、將日文學到這麼極致的程度。因此，我有機會可以觀察這些傑出人士，觀察他們到底是用什麼方式學習、訓練自己的語言能力，同時和我個人的學習及教學經驗進行比較，希望可以得到一些線索，解開我們學習語言如此順利的原因，幫助許多為此困擾的人。

　　幾經思考和分析後，下一頁的這張圖就是答案。

X 型學習模式

接收

理解

習慣

使用

這是我自己以及我認識的優秀人士真正實行的語言學習方式，無論是有意識或無意識，在語言學習方面獲得優秀成果的人，都是按照這種方式學習的。這張圖，很大程度融合了本書的許多內容、章節以及我們想告訴各位的事情。

這張圖，我們稱之為「X 型學習模式」。

基本上以英文字母的 X 構成，分別為「接收」、「理解」、「使用」、「習慣」，然後有一個圓形的箭頭，從「接收」出發、再回到「接收」的地方。

「接收」、「理解」、「使用」、「習慣」是我們學習語言的方式，意思為：

① **接收**：我們經由閱讀或聆聽，從報章雜誌、多媒體、網路等等管道，接收到外語資訊。

② **理解**：我們經由學習文法、單字，來理解我們所得到的外語資訊。

③ **使用**：我們將理解的外語知識，使用在日常生活上，例如書寫或會話等等。

④ **習慣**：經由多次重覆後，我們逐漸習慣使用這些外語知識，變得像是身體的一部分一樣自然。

圓形的箭頭，表示我們學習外語時，都是按照「接收」→「理解」→「使用」→「習慣」→「接收」的循環進行學習。

X 型學習模式：解說

接收 ⇨ 經由閱讀或聆聽接收外語資訊

理解 ⇨ 學習文法單字來理解得到的外語資訊

使用 ⇨ 將理解的外語知識，用在日常生活上

習慣 ⇨ 習慣使用外語，不太會遺忘

【實例一】

　　我們看到課本上有新的單字「あなた」，這就是接收，表示我們得到外語資訊。接著，我們想了解「あなた」這個字的意思，因此我們用查字典或是詢問別人的方式，知道了「あなた」是中文「你」的意思，這時我們理解了外語資訊。然後，下次我們要向別人說：「你怎樣怎樣……」的時候，就會想起這句日文，而向對方說：「あなたは鈴木さんですか？」「あなたは学生ですか？」具體使用理解後的外語知識。隨著時間經過，「あなた」我們已經說了很多次，多

到自己都已經倒背如流、非常習慣，遇到對方的時候，不加思索就能脫口而出「あなたは～」，和我們使用中文的時候沒有兩樣，這時你已經習慣了使用外語，就像是呼吸一樣自然。

事情還沒結束，這時你在音速日語的 Facebook 粉絲專頁教學專欄中看到：對於熟識的朋友不能使用「あなた」，否則會有距離感，「あなた」只會用於不熟的人身上，對於同事朋友，一般會以名字稱呼。

於是我們又接收到了新的外語知識，並且理解其意義，下次我們使用時，就知道不能夠用在朋友身上，然後漸漸習慣這樣的用法，接著又接收到新的外語知識……

像這樣反覆不停的循環，就是我們學習外語、獲得外語能力的具體過程。

【實例二】

＊ **接收**：我們在課堂上學到「私」這個單字。

＊ **理解**：老師告訴我們這是「我」的意思。

＊ **使用**：我們理解之後，將這個字具體使用在各種句型上，
　　　　　例如「私は朱です」、「私は好きです」、
　　　　　「私は食べません」。

＊ **習慣**：使用次數愈來愈多後，我們對於這個字掌握得愈來
　　　　　愈純熟、愈來愈習慣，在會話或書寫時，直覺就能
　　　　　夠使用「私」這個字來表示「我」的意思。

＊ **再度接收**：日本朋友告訴我，年輕男生私底下很少用

「私」稱呼自己，一般會使用「俺」。

我們每個人，無論多麼聰明，都必須不斷重覆「接收」
→「理解」→「使用」→「習慣」的過程。不斷學習外語知
識並且使用至習慣，才能夠真正將外語學起來，並且自由地
使用外語溝通。無論學習文法、學習字彙、學習發音，都是
一樣的。

【本回任務】做到請打✔

□ 了解什麼是「Ｘ型學習模式」
□ 了解我們實際學習外語時，也是依照此模式學習

X 型學習模式：實例

接收 ⇨ 看到課本上的新單字「あなた」。

理解 ⇨ 用字典或是詢問別人的方式，知道了「あなた」是中文「你」的意思。

使用 ⇨ 會話時説：「あなたは鈴木さんですか？」「あなたは学生ですか？」

習慣 ⇨ 説了很多次，已經倒背如流、非常習慣，不加思索就能脱口而出。

再度接收 ⇨ 看到教學文章説，對於熟識的朋友不能使用「あなた」，否則會有距離感。重新學習「あなた」的用法。

「X型學習模式」
每項步驟的重要性

那麼，為什麼「接收」、「理解」、「使用」、「習慣」這四項步驟這麼重要呢？這四項步驟當然不是我們隨便瞎扯出來的，「接收」、「理解」、「使用」、「習慣」每一項都有其無可取代的重要性，缺少任何一項都不行。

【只有接收，沒有理解，會發生什麼事？】

如果我們只有單方面接收外語資訊，卻沒有學習文法、字彙、發音等等相應的能力去理解所接收的外語資訊，會發生什麼情形呢？就會像我家老爸看 HBO 電影台一樣。

他看了二十多年的電影，但是仍然聽不懂電影中的英文對白，只是不斷接收資訊，而沒有學習如何理解資訊的話，即使時間再長，學習效果依舊相當有限。看了許多年的電影，還是可以增加些許對於英文的熟悉度，當我們聽到某一段話時可以知道「這是英文」，除此之外幾乎沒有幫助。

許多人喜歡用日劇學日文，這是很有效的方法，但是如果你將全部注意力放在觀看字幕，而沒有去理解角色的日文台詞是什麼意思的話，那麼還是無法幫助學習。否則我們從小看了那麼多《哆啦 A 夢》和《櫻桃小丸子》，為什麼仍然不會說日文呢？

【只有理解，而沒有實際使用，會發生什麼事？】

　　如果我們學習了文法和字彙，理解所得到的外語資訊，了解日文的文法架構、常用句型和單字，但是卻只限於閱讀，沒有實際使用出來的話呢？首先，你會遺忘；其次，你會變成啞巴。

　　語言和學校其他科目不同，我們只要記住數學公式，就可以解開各種題目，所向無敵。但是即使你記住了文法句型，沒有使用出來的話，睡個覺起來就會忘記了。實際使用可以加深印象，增加記憶強度，使我們更容易記起來，

　　學習語言比較像是騎自行車，光記住理論是沒有用的，必須親自練習，才能夠真正習得，否則好不容易學起來的東西，就會由於疏於使用而漸漸遺忘。

　　然後，如果只懂文法，沒有實際運用，那麼當你臨時要使用日文時，就會發生說不出來的窘境。明明課文都看得懂，但就是說不出一句完整的日文，這聽起來可不怎麼帥氣。就像你知道踩踏板自行車就會前進，但是如果平時沒有練習，某天突然心血來潮跳上自行車的話，可是會摔得頭破血流的。

【有實際使用，但是沒有用到習慣，會發生什麼事？】

　　如果我們實際使用學到的日文，應用到會話和寫作上，平時也會用日文聊天、用日文寫網誌，但是使用頻率不高，沒有將學到的文法和字彙用到非常習慣的話呢？

　　其實，我們可以在許多日文老師身上看到這種情形，他們

講解文法很厲害，能夠在台上說得頭頭是道，能夠很精闢地分析每一年度的考題，告訴我們如何學習文法、如何記憶字彙，但是真正開口說日文的時候，不是結結巴巴講得不通順、就是摻雜濃厚台灣腔，完全沒有課堂上看起來那麼厲害。

這就是沒有使用到「習慣」的關係。儘管學習日文很長一段時間、對於文法句型非常了解，靜下心來思考或許也能用日文寫出通順的文章，但是一旦臨時要開口的時候，就會反應不過來，無法即時用日文表達自己的意思，開口前得想半天，想說這種時候要用什麼樣的文法比較適合，結果變得結結巴巴、說不出一句完整的日文。

會使用、但是沒有用到習慣，就像我們從駕訓班拿到駕照，但是卻沒有實際上路一樣。會不會開車？會！實際上路的話呢？通常都是手忙腳亂，一個不小心還會撞到電線桿。

【已經將日文用到很熟悉了，但是如果沒有「接收」新資訊，會發生什麼事？】

簡單來說，你的日文就會跟不上時代，不了解大家現在真正使用的日文。

舉例來說，有許多老師會對日文的口語表現方式大肆批評，像是「全然おいしい」、「朝起きれない」等等用法，他們會說這是錯誤的日文，我們說話時應該要使用正統的日文才對。不過，目前日本大多數的人都已經習慣使用這樣的口語用法，「全然おいしい」、「朝起きれない」已經成為全民通用的日文。

　　其實這些老師的日文程度都相當好，不過可能是在二十年前學的，那時日文中還沒有這樣的用法表現。他們能夠開口說出非常流利的日文，也非常習慣說日文，但是由於沒有「重新接收」現在新出現的日文詞彙，因此造成與時代脫節的現象，不了解現在廣泛流行的用法。

　　我們偶爾會在日文課本看到「ワープロ」、「ポケベル」之類的單字，這也是跟不上時代的表現，因為這些字彙已經沒有人在使用了。因此，即使你的日文能力非常好，仍然必須時時吸收新資訊和新詞彙，讓自己永遠學到最實用、最生活化的道地日文。

【本回任務】做到請打✔

□ 理解「Ｘ型學習模式」的重要性，缺一不可

X 型學習模式：缺一不可

1 只有接收，沒有理解

➡ 永遠學不會，頂多只能知道「這是日文」

2 只有理解，而沒有實際使用

➡ 首先，會記不住，其次，會變成啞巴說不出外語

3 有實際使用，但是沒有用到習慣

➡ 臨時要開口的時候會反應不過來、容易結巴吃螺絲

4 已經用到很熟悉了，但是沒有「接收」新資訊

➡ 會跟不上時代，不了解現在大家真正使用的字句

2 3 「X型學習模式」的運用訣竅

　　現在我們知道「接收」、「理解」、「使用」、「習慣」各自的意義和重要性了，那麼，當我們在接收日文資訊、理解日文、使用日文、習慣日文的時候，有沒有什麼訣竅可以幫助我們進行地更加順利呢？

　　有！請遵循以下原則，學習日文就不會是一件苦差事，而是充滿樂趣的事情。

① 「接收」→ 選擇自己有興趣的題材

　　除了課本之外，你必須找到一些自己真正有興趣的學習素材，只要和日文沾到邊的都可以，舉凡日劇、電影、歌曲、卡通、漫畫、電玩、小說、電視節目、藝人、觀光旅行等等都可以，從有興趣的素材中學習日文，就不會感到痛苦，反而會讓人想學得更深入。選擇自己有興趣的題材，也是讓日文學習持續下去的祕訣，如果整天都必須面對教科書，你覺得自己能夠撐多久呢？

② 「理解」→ 學習生活化文法、字彙

　　學習實用且生活化的文法句型和字彙。文法可以分為研究型文法和學習型文法，你應該選擇的是淺顯易懂、沒有深

難用語、又不失精準度的學習型文法。字彙方面，不需要將整本字典背起來，只要記住那些常見的單字即可，不常見的單字，即使背了也會忘掉，沒有意義。對了，也必須學習正確的發音，如此可以大幅度增強我們的聽力和口說能力。

③「使用」→　運用不同管道使用外語

使用日文不是指必須去大街上拉著日本人說話，發達的網路科技提供我們許多使用所學日文的管道，可以寫網誌、使用 YouTube、Facebook、LINE 等等通訊工具，可以向家人朋友分享學到的東西，也可以自言自語（雖然看起來有點可笑，不過可是強力的學習工具之一），還可以找時間去日本自助旅行。只要用心觀察，身邊其實有很多機會可以用到日文，別怕丟臉，去向大家展示你學習日文的成果吧。

④「習慣」→　感到快樂和成就感，持續培養成習慣

在學習日文時，一定要感到快樂和成就感，才能培養成習慣，如果你真的很討厭日文，那麼趕緊放棄，去做自己喜歡的事情吧。

如果你不快樂，那麼得找出讓你痛苦的原因，例如太難的文法、太多要背的單字等等，盡力去解決問題，讓自己快樂。如果你沒有成就感，學得很灰心，代表你沒有和其他人分享你的學習成果，這時可以用各式各樣的方法，將學到的日文用出來，等到你發現自己能夠使用日文進行基本的會話和溝通時，就不會沒有成就感了。

X型學習模式：運用訣竅

接收 ⇨ 選擇自己有興趣的題材

理解 ⇨ 學習生活化文法、字彙

使用 ⇨ 運用不同管道使用外語

習慣 ⇨ 感到快樂和成就感，持續培養成習慣

【本回任務】做到請打 ✔

☐ 具體了解如何有效運用「X型學習模式」

2.4　慣用語句的快速學習方法

　　本章節將透過 X 型學習模式解說「母語」和「慣用語」的學習方法。在我們學習外語時，必須經過「接收」、「理解」、「使用」、「習慣」四項過程，但是，我們在學習母語和外語當中的慣用語時，情況會有所不同。

　　當我們小時候學習中文時，其實沒有「以文法理解語言資訊」這一過程，我們聽到爸爸媽媽對我們說的話之後，直接重覆說出所聽到的話，不久之後，我們就學會說中文了。我們在學習或使用中文的時候，並不會意識到「文法」的存在，我們依靠「直覺」來判斷某個語句是正確的中文、或者是不自然的中文。例如「你好嗎？」就是正確的說法「你好呢？」則有點不自然，至於哪裡不自然、哪裡錯誤呢？相信很多人都回答不出來吧！因此，當我們學習母語時，X 型學習模式會變成下頁圖表的模樣，或許稱之為「Y 型學習模式」會較為貼切。

Y 型學習模式

此外，我們在學習外語中的「慣用語句」時，學習的方式也會不太一樣。

日文中的招呼語、會話常用字彙，例如：こんにちは、すみません、なるほど、すごい、よろしくお願いします……這些慣用語句很難用文法來理解，有的甚至可以追溯到好幾百年前的日文古語用法。若是每個慣用語句都要用文法來解釋的話，那麼會相當耗費時間，同時變得很複雜、很不好記，

事實上幾乎沒有人會這麼做。

那麼，我們該如何學習這些「慣用語句」呢？很簡單，學了之後立刻用出來。

學習慣用語句時，和母語相同，呈現 Y 型學習模式，少了「理解文法」的過程。

以「なるほど」這個慣用語來當作例子。當我們在聊天時聽到別人說「なるほど、なるほど」的時候，不必去追究文法結構，只要知道那是「原來如此」的意思即可，然後實際用出來，下次在和大家聊天時，也可以找機會說「なるほど」，用過幾次之後我們就習慣了。

學習無法以文法分析的招呼語、慣用句時，過於在意文法反而會浪費時間。不必在意文法，在知道意思後，直接使用出來、用到習慣即可，這是學習慣用語最有效率的方式。

【本回任務】做到請打✔

☐ 理解學習母語和慣用語句的「Y 型學習模式」
☐ 了解學習慣用語句的最好方法

25 如何讓短期記憶→長期記憶

> 就像沒有食慾時吃飯反而會有害健康一樣，沒有幹勁的情況下學習反而損及記憶力，即使記住了也保存不久。
>
> ——拿破崙（Napoléon Bonaparte），法國政治家

各位知道什麼是短期記憶、什麼是長期記憶嗎？以下引用「維基百科」的解釋：

> 短期記憶（Short-term memory）是記憶的一種類型，與長期記憶相比，短期記憶對信息的儲存時間較短，信息儲存的容量也很有限。長期記憶（Long-term memory）是能夠保持幾天到幾年的記憶，與只能保持幾秒到幾小時的短期記憶不同。從生物學上來講，短期記憶是神經連接的暫時性強化，生理上的結構是反響迴路（reverberatorycircuit），在透過「鞏固」後可變為長期記憶。

好吧，我們用簡單一點的話來解釋：

* **短期記憶**：指的是我們暫時記住、但是不久之後會忘掉的

記憶。例如剛才看過的 FB 動態、老闆早上交代的事、以及你隨手翻閱的雜誌內容等等。在事情結束後，這些資訊沒有保持的必要，因此會被立刻忘記。

＊ **長期記憶：** 指的是我們會記住數年、甚至永遠不會忘記的記憶。例如自己的名字、生日、家裡電話號碼、以及中文——總不可能忘記怎麼說中文吧？即使時間過得再久，長期記憶仍然會深深留在我們的腦中，不會忘記。

我們在學習外語的時候，最最最理想的情況，就是將看

短期記憶？長期記憶？

| 短期記憶 | 暫時記住、不久之後會忘掉 |
| | 不重要的事情、隨手翻的文章 |

| 長期記憶 | 記住數年、甚至永遠不會忘記 |
| | 自己的名字、生日、中文能力 |

到的文法句型和單字片語，全部都轉變成「長期記憶」，這樣一來就完全不必擔心自己會忘記了。

　　但是，真的有這麼好的事嗎？學習外語時，什麼樣的知識屬於短期記憶，什麼樣的知識屬於長期記憶呢？我們又該如何將學到的文法單字，轉變成不容易忘記的長期記憶呢？

　　其實答案就在 X 型學習模式圖表中。

　　我們可以將「理解」的部分標示起來，再將「習慣」的部分標示起來，「理解」表示「短期記憶」，「習慣」則表示「長期記憶」。

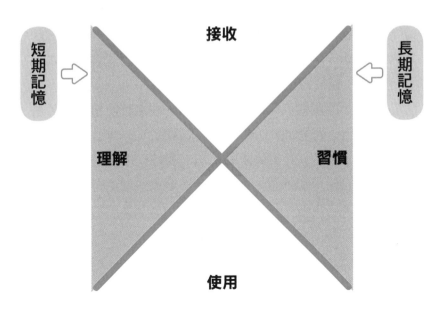

當我們對於日文的文法和字彙停留在「理解」階段，也就是我們明白了文法架構、也明白了單字意思、並且拼命想記住它們的時候，這時屬於「短期記憶」。我們學到的文法、記住的單字，被存放在「短期記憶」的箱子中，若是沒有常常複習，很容易就會消失不見。

　　然後，當我們將學到的文法和單字，實際應用在會話或是寫作上時，之前的短期記憶，就會逐漸轉變為「長期記憶」，等到你將學到的文法和單字用得非常熟悉、非常習慣之後，這些日文知識就會變成「長期記憶」。

【短期記憶‧範例】

　　舉例來說，當學到動詞「ある／いる」的差別時，文法規則是：生物使用いる，非生物使用ある，但是植物例外，需使用ある。我們記住了這個文法，並且複誦很多次，讓自己不要忘記，這時處於「理解」的階段。我們理解了文法和使用規則，屬於短期記憶。

　　但是，即使我們學過了這個文法，在臨時使用時，還是很容易說出「先生があります」、「植物がいます」、「ぬいぐるみがいます」等等錯誤的用法，我們只停留在理解，沒有經過實際使用和練習，因此還無法培養成習慣，無法成為長期記憶。

【長期記憶‧範例】

　　另一方面，「私」、「おはよう」、「すみません」這

些詞彙,各位應該都很熟悉吧!只要學過日文,一定認得這些單字,不用特別思考,憑直覺就可以知道這些字彙是什麼意思、如何使用,而且即使我們今天不學日文了,過了二十年,也一定還記得「おはよう」是早安、「すみません」是抱歉的意思。這些基礎單字已經成了我們的長期記憶,就算經過很長的時間也不會忘記。

那麼,為什麼這些字會變成長期記憶呢?原因很簡單,因為我們已經看過太多次、用過太多次。我們每天早上都和別人說「おはよう」,做錯事時會說「すみません/ごめんなさい」,因此我們對這些字彙非常熟悉、非常習慣,就算過再久也不會忘記,想忘記都很難。

因此,如果我們要將學過的日文,從「短期記憶」轉變為「長期記憶」,最好的方法並非不斷地背誦,因為背得再熟也會有忘記的時候,最好的方法是實際使用出來,將學到的文法和單字不斷地運用在會話或寫作中,用到非常習慣之後,就會變成像是「おはよう」一般的長期記憶了。

【本回任務】做到請打✔

□ 理解什麼是「短期記憶」和「長期記憶」
□ 了解「短期記憶」和「長期記憶」在學習模式的位置
□ 了解將「短期記憶」轉換成「長期記憶」的訣竅:
　　用到習慣為止

學習速度的差異 &
語言天才的祕密

我不認為我是天才，只是竭盡全力去做而已。

——愛迪生（Thomas Edison），美國發明家

前面我們告訴各位，學習日文和其他外語時，按照「接收」→「理解」→「使用」→「習慣」的步驟學習，會在最短的時間內得到最大的學習成果。然而即使確實地實踐以上步驟，每個人學習語言的速度還是會有所差距。

現實情況是，即使花費相同時間、使用相同教材、按照相同步驟學習，還是會有學習速度的差異，有些人學得快、有些人學得慢。我們知道了實際使用很重要，也知道使用成習慣能促進記憶，即使如此，仍然有人學習的速度快，有人學習的速度比較慢，有人可以在很短時間內開口說日文，有人卻只能看懂教科書上的文章。這到底是為什麼呢？

有二項原因：X 型學習模式的運轉速度不同、實踐方式錯誤。

① X 型學習模式的運轉速度不同

有些人學習外語時，以很積極的態度和很快的速度，不斷將學到的東西應用在日常生活中，重覆實行「接收」→

「理解」→「使用」→「習慣」這四項步驟,他們學習和進步的速度很快,能夠在花費相同時間的情況下,外語能力更為熟練。這種進步速度非常快的人,有人會稱之為「語言天才」。

「語言天才」和一般學習者不同的地方,在於他們的「X型學習模式」運轉的速度很快、非常快。

「語言天才」除了具體實踐「接收」→「理解」→「使用」→「習慣」這四項步驟之外,還有一點與眾不同,就是他們運轉的速度非常快。舉例來說,如果別人的小火車繞圈圈速度只有時速三十公里,那麼他們的速度可能就有九十公里,他們以很快的速度重覆實踐「接收」→「理解」→「使用」→「習慣」,因此進步速度更快,學習語言更有效率,比別人更早開到山頂。學習到新的文法字彙時,會用最快的速度理解,理解後廣泛使用在各方面,讓自己很快熟悉習慣,之後再度學習新的文法,如此快速循環。

老實說,我自己之所以能夠學習日文後不久就成為口譯,也是相同的情況,即使很多人說我是「語言天才」,但是我壓根稱不上是天才,而是透過不斷練習、實際使用在課本上學到的日文,才會進步地如此快速。

一般人學習日文的時候僅止於「理解」,讀懂文法和了解單字意思後,就會感到心滿意足;但是被稱為「語言天才」的人,除了花時間理解文法和單字之外,他們花了更多時間去「使用」學過的東西。如同我們之前說過的,實際使用之後,記憶會加深、不容易忘記,而且隨著口語能力的提

升，閱讀能力、聽力、寫作能力也會隨之提升，因而進步快速，短時間內就能達到一般人數倍的成果。與其稱之為語言天才，更恰當的說法應該是「努力天才」，由於付出時間練習，因此能獲得數倍於他人的成就。相信我認識的眾多「語言天才」們，都會同意這項說法。

② 實踐方式錯誤

第二項影響學習速度的原因，就是實踐「接收」、「理解」、「使用」、「習慣」這些步驟的方式。

並不是任何方式都可以幫助學習外語，如果使用錯誤的方式，那麼愈是努力、就會覺得愈痛苦，不但沒有學習效果，還可能使我們半途而廢放棄學習。

阻礙學習的錯誤實踐方式有：

* **接收**：若是一直使用枯燥的課本、制式的教材學習，那麼就會讓人失去學習欲望，不想去吸收新的外語知識。
* **理解**：若是遇到太複雜的文法解說、太多專有名詞，讓人無法一看就懂，那麼在「理解」階段就會很痛苦。
* **使用**：許多人會用背誦的方式，將課文例句重覆唸很多次，這樣很難記得住、也很難讓我們熟悉外語。
* **習慣**：若是感到痛苦而沒有成就感，那麼就是警訊。我們實際用外語進行會話、發現對方聽得懂，這時就會有成就感，有成就感的話，我們就會更積極使用，逐漸成為習慣、運用自如。簡單來說，沒有成就感，就不會進步。

我們需要一些有效的方法來實踐「X型學習模式」。

請記住以下訣竅，雖然我們在先前的章節曾經提過，但是由於太重要了，所以再說一次，這將是決定每一個人學習速度快慢的重要關鍵。

＊「**接收**」→ 選擇自己有興趣的事物

自己有興趣的事物，才能夠持續學習下去，才會想知道更多、更深入。

＊「**理解**」→ 學習生活化文法、字彙

別學習過於複雜的文法字彙，別理那些太過複雜的文法解說，那些東西會消滅你學習語言的興趣。挑選淺顯易懂的文法書籍，學習常用句型和單字，是幫助理解日文資訊最有效的方法。

＊「**使用**」→ 運用不同管道使用外語

別待在房間背書了，那很無趣，又無法幫助記憶，即使勉強記起來也很容易忘記。你可以透過電腦和網路工具，找尋各種使用日文會話的機會。

＊「**習慣**」→ 感到快樂和成就感，持續培養成習慣

如果你覺得痛苦，那一定是學習方法錯了，如果確實以上述方式實踐「接收」、「理解」、「使用」，那麼應該會有成就感，同時學得很快樂。只有感到快樂和成就感，才能讓你堅持下去、努力練習學到的外語，使教科書上的文法句型和單字，真正成為你身體的一部分，像中文一樣運用自如。

以結論來說，盡快熟悉「接收」、「理解」、「使用」、「習慣」四項學習步驟，以最快的速度重覆實行，同時在實行的時候注意上述的方法，如此就能加快外語的學習速度，在較短的時間內獲得較多的成果。

　　如果你在學校或職場上發現，明明大家使用的教材相同、學習時間相同，但是進步速度卻有差異時，那麼上述情況可能就是其中最大原因。

【本回任務】做到請打 ✔

☐ 理解為什麼花同樣的時間心力，有人學得快、有人學得慢

☐ 了解語言天才的祕密：「Ｘ型學習模式」快速運轉

☐ 了解阻礙學習的各項因素

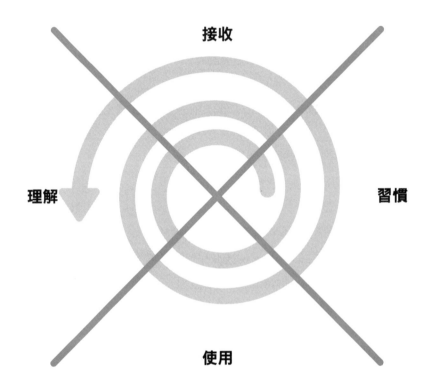

接收

理解

習慣

使用

💡 被稱為語言天才的人，以非常快的速度進行運轉

因此進步速度更快，學習語言更有效率

學習外語時最重要的燃料

本章最後一節，我們要和各位談談「Ｘ型學習模式」當中最重要的部分，也可能是學習外語時最重要的關鍵因素。

我們提過「接收」、「理解」、「使用」、「習慣」的學習步驟很重要，儘可能以飛快的速度重覆這些步驟，同時注意學習方法，將會使我們進步地非常快，這就是所謂「語言天才」的進步方式。每個人經由練習後，都能擁有非常優秀的外語能力。

不過，要讓「接收」、「理解」、「使用」、「習慣」這個學習模式順利運轉，還需要一項重要條件：充足的燃料。

即使跑道鋪好、路線規劃好，若是沒有燃料的話，任憑駕駛再怎麼優秀、飛機性能再怎麼好，都無法順利起飛。同樣地，當我們學習外語、依據「Ｘ型學習模式」前進時，也必須要有「燃料」，推動圖表中的圓形箭頭，使得「接收→理解→使用→習慣」這個循環可以飛快運轉。

學習外語時的「燃料」就是：興趣。

這是「Ｘ型學習模式」當中最重要的部分，我們相信也是學習外語時最重要的部分，可能也是從事任何事情最重要

的關鍵之一。

興趣有很多不同面向，好奇心、刺激、新鮮感……都屬於「興趣」。對於日本文化的好奇心、結交日本朋友的刺激感、實地走訪日本的新鮮感覺，都是催生「興趣」的重要因素，會推動你持續學習，讓你產生了解更多、學習更多的欲望。

在開始學習日文之前，請先確定你是否對於日本文化有相當程度的興趣，無論是什麼領域，音樂、戲劇、流行、旅遊等等都可以，只要有興趣的話，那麼學習日文基本上就是享樂的過程，一步一步幫助你實現夢想，讓你能夠接收第一手情報、獲得更多自己喜愛的資訊，使得生活更加愉快。若是沒有興趣，那麼再優秀的教材和再有效的學習方法，也完全派不上用場，如果連走進書店、站在書架前翻閱日文書籍都很痛苦的話，怎麼可能學得好日文呢？

「以語言享受生活」，並不只是本書的主題，更是學習日文和其他外語的中心思想。如果你對於學習日文抱持著極大興趣，那麼從翻開課本第一頁、開始學習五十音起，就已經達到「以語言享受生活」的目標了──你確實經由語言，讓生活變得更加愉快。

比任何老師都厲害、比任何優秀教材都更能幫助學習外語的，就是你對於外語的興趣。好奇心、刺激、新鮮感，才是一切力量的來源。

興趣的重要性

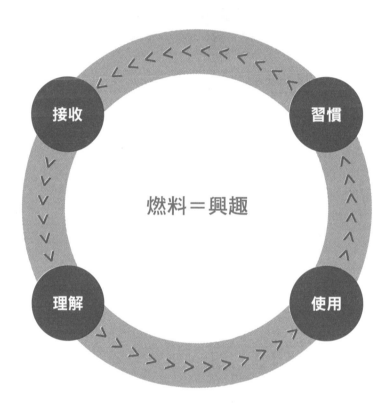

燃料＝興趣

接收　習慣　使用　理解

【本回任務】做到請打✔

☐ 理解學習外語時最重要的東西：興趣
☐ 了解好奇心、刺激、新鮮感都屬於興趣的一環

03
Chapter

發音訓練方法
──知識篇

為什麼看得懂、聽得懂、卻說不出來？

在我們所指導過的學生當中，幾乎每一個人，在學習日文大約半年至一年之後，都會詢問相同的問題：為什麼我可以看得懂簡單文章，聽得懂簡單會話，但是卻一直無法開口說出日文呢？

抱持這個疑問的人實在太多，當我們開設「音速日語」學習網站後，經常收到網友來信詢問類似的問題。但是要為每個人一一解答這些問題，幾乎是不可能的任務。每一個人的學習背景、學習方式、使用的教材都不同，日文程度和進步速度也不同，無法使用單一方法同時解決眾人的個別問題。我們是日文老師，可不是在賣仙丹，並沒有某種神奇的語言學理論，可以徹底解決所有人在學習上的問題。

但是，即使無法提供詳細的細節指導，我們還是能夠以豐富的學習和教學經驗、加上口譯實戰經驗為基礎，提出大方向的學習方法，解決這種「看得懂卻說不出來」的窘境。即使每個人的學習情況不同，仍然能夠從我們所提出的學習方法中得到線索，幫助自己從「看得懂」、「聽得懂」，進步到「說得出來」。

進入正題，為什麼我可以看得懂簡單文章、聽得懂簡單會話，但是卻一直無法開口說出日文呢？為什麼聽力和閱讀

能力不難培養，但是口說能力卻這麼難呢？

這麼說好了，如果你能夠理解文法，證明你的智力沒有問題；如果你能夠記住單字，證明你的記憶力也沒有問題；如果你能夠聽得懂日文，代表你的聽力也沒有問題。如果你能夠流利說出中文，代表你並不是由於生理上的條件而影響了說話表達能力；你有耐心花一年的時間學習日文，也代表你並非沒有毅力學習。那麼，如果不是智力、記憶力、聽力、生理條件、耐心毅力，那麼究竟是什麼原因，讓我們的口語能力難以進步呢？

我們身邊經常可以看到這樣的人，他們通過了日文檢定N1、N2，擁有很厲害的文法能力和字彙能力、聽力也不差，但是當他們臨時要開口說日文時，卻說得破破爛爛，時常結巴、口吃、或是說一句話前要思考很久。你在學校或補習班的課堂上，一定會看到很多這樣的人。

為什麼閱讀能力和口語能力會有如此大的落差呢？造成這種落差的原因是什麼呢？其實造成這種口語能力無法進步的原因有二項：

① 日文發音不夠精準
② 使用日文的頻率太低

當各位看到這裡時，不滿的情緒一定會像火山一樣噴發出來：

「你說日文發音不夠精準，但是發音和口語能力有什麼關係啊？」

「而且發音這種事情是講求天分的，有些人天生發音好，有些人天生就不擅長發音啊！」

「發音好不好是很主觀的，可能別人認為不好，但是我認為自己的發音很好啊！」

「還有，大家不是都說，發音好不好不是重點，只要別人聽得懂就好，那麼為什麼要追求發音精確呢？」

我們彷彿被機關槍掃射到一樣，倒在地上爬不起來。不過事情似乎還沒結束。

「你說我使用日文的頻率太低，但是平時就是沒機會使用日文啊！」

「我沒有日本朋友、沒有時間出國，工作上也用不到日文，難道你要我為了能夠多講日文，而去找家教、或是去找語言交換嗎？」

「我也知道實際使用日文很重要，但是偏偏沒有機會可以用啊，你有什麼好建議嗎？」

好，我們會向你解釋，為什麼這二項因素和我們的口語能力息息相關，為什麼「發音精準」和「多使用日文」就能加強我們的會話能力、讓我們能夠流暢說出日文。

不過，在這之前，我們必須要先釐清一項更為基本的觀念：為什麼發音這麼重要？

【本回任務】做到請打✔

□ 理解口語能力無法進步的二項原因：發音不夠精準、使用頻率太低

口語能力無法進步的原因

1 日文發音不夠精準

⇨ 解決方法：加強發音技巧

2 使用日文的頻率太低

⇨ 解決方法：加強會話技巧，以各種方式多多使用

3 2 為什麼「發音」這麼重要？（之一）

　　有許多學者專家認為，學習外語只要能夠溝通、只要對方聽得懂你在說什麼就好了，發音好壞其實不是那麼重要的事情，即使發音不夠精準也沒關係，只要盡力讓外國人知道你所要表達的意思就好。那麼，為什麼我們要注重發音，為什麼我們要追求發音精準呢？發音有什麼重要的呢？

　　發音的重要性，主要有以下七項，我們接下來會詳細說明。

　　① 發音容易「化石化」
　　② 發音如同衣著
　　③ 發音會影響自信和學習動力
　　④ 現代不可或缺的溝通能力
　　⑤ 創造差異化
　　⑥ 台灣人學習發音有先天上的優勢
　　⑦ 學習正確的發音不會花費更多時間

① 發音容易「化石化」

　　所謂「化石化」，指的是在學習外語的過程中（特別是初期階段），由於受到母語的影響，而在使用外語時產生

不自然或是錯誤的情形。如果本人沒有意識到這種錯誤的情形，持續學習下去的話，時間一久，就會變成習慣而難以改變。即使後來花費龐大的時間和精力，都很難再改正過來，就像死掉的化石一樣，無論怎麼澆水都不會復活。任何人在學習外語時，都應該注意這種「化石化」的情形，因為一旦將錯誤的用法培養成習慣，日後就很難再改過來了。

「化石化」現象容易出現在文法和發音方面，如果我們學習文法句型初期，沒有經過充分練習，就很容易因為中文習慣的干涉，而說出不自然和文法錯誤的日文。

例如台灣人經常會說「おいしいのごはん」、「大きいでした」，其實這二種說法都是錯誤的，正確說法應該是「おいしいごはん」、「大きかったです」，但是如果沒有及時改正，時間一長，在說話時很容易就會習慣說出上述的錯誤用法。

至於發音，則比文法更容易「化石化」，在初學外語的入門階段，如果沒有學習標準的發音，等到愈學愈多後，發音就很難再矯正過來。也就是說，如果你在學習日文後不久，發現自己的發音似乎不太精準，那麼就不必幻想將來發音能力會自然變好，這是不太可能的，唯一的方法就是立即改正，重新學習標準發音。

我們在日常生活中，可以看到許多這樣的例子。例如住在我家隔壁的伯伯，他十八歲的時候，隨著國民政府遷移來台，今年都八十多歲了，在台灣居住超過六十年，但還是有濃濃的東北口音，怎麼樣都改不過來，因為他小時候住在東

北，習慣了那裡的說話方式，因此即使過了這麼多年，還是無法改變。

還有，我家老爸說話時也有台灣國語，有一些國語的音發不清楚，年齡五十多歲左右的人，有很多人都是如此。由於他們小時候習慣說台語，在家也講台語，到了學校之後才學國語，因此雖然都過了那麼多年，但是小時候的說話習慣，還是會影響現在的說話方式，講出來的國語還是帶有台語腔。

以上二則都是「發音化石化」的絕佳例子。

因此，發音精準是很重要的，如果在初期沒有學好發音，那麼不標準的發音就會一直跟著你，很難擺脫，只有在一開始就學習精準的發音，才能避免日後的麻煩。其實我們並無法完全避免「化石化」的情形，因為行為總是會培養成習慣，但是我們建議你學習標準發音，朝向好的方面「化石化」，而不是沒學好發音，朝向壞的方面「化石化」。

② 發音如同衣著

簡單來說，發音就像是我們穿的衣服，沒有人會因為衣服穿得邋遢、不得體而被警察抓走，但是衣著卻會大大影響別人對你的看法和觀感。發音方面也是相同，沒有人會因為發音不標準而遭到批評，但是發音的好壞，卻會影響到別人對我們的看法和觀感。

舉例來說，沒有日本人會因為你的日文發音不好而開口嘲笑你，因為我們是外國人，說不好日文是理所當然的事情。就像如果有外國人用中文向你問路，就算他的中文說得再差，你也不會覺得他很遜，反而會覺得：「外國人竟然會講中文，好厲害！」

　　但是相反地，如果你的發音非常精準，讓日本人聽到時嚇一跳：「為什麼他明明是外國人，卻可以將日文講得那麼好？」那麼對方看待你的方式便會不同，覺得你認真、努力、注重細節。如果連學習外語都可以獲得這麼傑出的成果，相信在其他方面也不會太過遜色才是，對方會更加地看重你、尊敬你，並且樂於和你結交朋友。

　　這不就是我們當初學習外語的目的嗎？結交許多不同國家的朋友，不但有趣，還能獲得許多練習日常會話的機會，使得自己的外語能力更加進步。

　　發音就像衣服，不一定要穿很名貴、很華麗的衣服，因為這很難做到，但是穿著得體並不困難。穿著輕鬆、舒適、乾淨的衣服，不但別人看了心情好，自己也會覺得神清氣爽。

　　同樣的道理，發音不一定要100%像日本新聞主播一樣精準，這很難做到，但是仍必須達到一定水準以上，讓別人輕易聽懂自己所說的話，不致於發生溝通上的障礙。

③ 發音會影響自信和學習動力

　　發音標準與否，除了具體影響外語學習和他人觀感之

外，也會對學習者的心理層面產生影響。

發音好壞會影響自信心和學習動力，發音精準的人容易獲得他人讚賞，間接獲得自我肯定，在學習時產生自信心，認為自己在學習過程中進展地很順利，進而增強學習動機，想學習更多的外語知識。如此一來，就會產生良性循環：發音愈好愈想深入學習，將外語學得愈深入，發音就能掌握得愈純熟，使得整體語言能力向上提升。

更重要的是，發音不標準對於外語學習具有負面影響。若是自己覺得發音能力不好、發音不標準，那麼就不會想在人前開口，不想多講話、怕被人嘲笑。但是愈不使用外語進行會話，發音能力就愈生疏，發音能力愈生疏，就愈不想和別人說話，使得語言能力一直無法進步，如此一來，反而造成了負面循環。不但影響發音能力，更嚴重的是會影響學習語言的自信心和學習動力，覺得自己沒有天分，不想再繼續努力學習，許多人就這樣中途放棄。舉例來說，在上課時被老師叫起來唸英文課文，但是唸完之後，同學卻笑你的發音像鴨子一樣，那麼無論是再樂觀的人，都會或多或少感到洩氣吧。

因此，將發音學好、學精準，也可以幫助自己建立學習外語的自信心，進而增加學習的欲望，讓自己更有動力繼續努力學習下去。

④ 現代不可或缺的溝通能力

現在，特別是網路和資訊科技非常發達的現代，對於

「溝通能力」的要求愈來愈高，所謂「溝通能力」，就是口語會話的能力。

我們有很多機會能夠直接接觸外國人，直接開口談話。當然，閱讀和書寫能力也很重要，但是如果要即時、快速地傳達訊息，口語能力還是最重要的。舉例來說，當我們去日本旅行遊玩時，你當然可以隨身攜帶一疊紙和筆，用寫漢字的方式和日本人溝通，但是如果可以的話，直接用日文詢問會比較快速，節省時間、節省精力、而且看起來比較帥氣。

在二、三十年前，人們學習外語，卻很少有機會能夠和外國人面對面談話。當時路上較少見到外國人，大家較少有機會出國觀光或遊學，沒有網路、沒有電腦，當我們需要聯絡國外朋友時，只有二個方法：一是打電話，二是寄信。但是電話費太貴了，絕大部分的人都是以郵寄方式和國外友人聯絡，當時，很少有和外國人直接談話的機會。

但是現在完全不一樣了，只要一秒鐘的時間，我們就可以和全世界的人們取得聯絡，我們習慣寄送電子郵件、使用即時通訊軟體聊天、即時通話。和以前最大的不同點，就是我們接觸外國人的機會，變得非常多非常頻繁，相形之下，口語會話能力變得更重要。

工作場合也一樣，現在愈來愈重視效率，能夠以口語傳遞訊息，就不會以書面傳送，使用視訊會議的情況非常多，和國外廠商、企業聯絡，也常使用網路電話，不但省時，還能即時談話，不用寄出信件後苦等對方回覆，也不用負擔金額龐大的國際電話費。因此，在國際交流和網路科技都發達

到不行的現代社會，比起閱讀和書寫能力，口語會話的能力更受到重視，不然為什麼愈來愈多公司都用外語進行面試呢？我們寫信的機會愈來愈少，但是面對面交談的機會卻愈來愈多，在口語會話中，發音顯得更為重要，除了影響表達之外，更會影響別人的看法和觀感。

因此，為了符合現代對於溝通能力的需求，每個人都必須努力提升口語能力，而發音好壞，在口語能力中又占了十分重要的因素。學習正確且精準的發音，成為一件相當重要的事情。

【本回任務】做到請打✔

☐ 了解發音容易「化石化」，習慣錯誤後就很難改正
☐ 了解發音如同衣著，會影響別人看你的態度和觀感
☐ 了解發音的好壞，會影響自信和學習動力
☐ 了解現代社會很注重口語能力，而發音佔了相當重要
　　的部份

發音的重要性 -1

1 發音容易「化石化」

錯誤的發音方式一旦培養成習慣
日後就很難再改過來了

2 發音如同衣著

發音就像衣服，不一定要穿很名貴的衣服
但是要穿著得體、舒服乾淨

3 發音會影響自信和學習動力

將發音學好、學精準可以幫助建立自信
增加學習欲望，更有動力繼續學下去

4 現代不可或缺的溝通能力

現在愈來愈重視口語會話能力
而發音就是口語能力中非常重要的一環

33 為什麼「發音」這麼重要？（之二）

⑤ 創造差異化

大家都知道，發音不是那麼容易學習的，有時候會因為母語發音習慣的影響，讓我們產生不自然的外語發音。發音同時也是「個人差異」最明顯的語言能力，簡單來說，即使學習時間相同、文法字彙能力相同，但是在發音方面，每個人會有很大的差異，文法能力強的人很多，但是真正發音精準的人，卻少得可憐。

如果你在學習日文時，想和別人不同、想比別人更優秀、擁有別人無法取代的優勢，想讓自己鶴立雞群，想創造差異化，那麼從發音著手會是個好方法。

我們可以舉例子來說明這種「差異化」的重要性。

台灣有許多人通過日文檢定 N1，這些通過考試的人，在文法、字彙、聽力方面的能力其實差異不大，能夠通過考試，表示一定擁有相當程度的日文能力。但是在發音方面，卻會有相當大的差別，有些人口語流暢、發音標準，有些人結結巴巴講不出一句話、說出來的話大家都聽不懂。

這麼說好了，全台灣每年有約 7 萬多人報名日本語能力試驗，但是根據我們的觀察，並不是每個學習日文的人都會參加檢定考試。光是「音速日語」的臉書專頁，人數就超過

35 萬人，全台灣學習日文的人數，很有可能高達 40 ～ 50 萬人。台灣有這麼多人學習日文，那麼你要如何表現出自己的獨特之處、表現出自己與眾不同的優勢呢？從發音和口語能力著手是最好的方式。

有許多人記了很多文法，也有許多人背了很多單字，但是其中發音精確、具有流暢口語能力的人，則少之又少，偏偏這是現在非常重要的溝通能力。因此，如果你計劃找工作、申請學校、或是參加語文競賽，優秀的發音能力，能夠讓你從眾多的競爭對手中脫穎而出，賦與你別人所沒有的優勢，讓你與眾不同。

就這一層實質意義來說，發音精準不但能提升口語能力，也會連帶提升競爭力，讓你和其他人之間形成差異化，在各種需要競爭的場合中，使你站在相對有利的位置上。

⑥ 台灣人學習發音有先天上的優勢

我們一直認為，中文是世界上發音最複雜的語言，雖然沒有任何學術證據可以證明這一點，但是根據親身經驗和觀察，能夠將中文說得跟我們一樣標準的外國人，真的非常少見。

中文的文法可能不難，因為中文較少時式的概念，動詞也沒有現在式、過去式、未來式等變化，都是使用相同的字彙。但是發音就不同了，有四個聲調，還有聲母、韻母，聲母、韻母加聲調組合起來，才能形成單字的發音，因此，中文當中的許多發音，只有非常細微的差異，外國人根本分辨

不出來。

　　例如：「奴隸」與「努力」、「鯨魚」與「金魚」、「國旗」與「枸杞」、「幫」與「搬」、「音」與「應」……等，隨手一列就是一大堆。

　　還有，台語的發音也是世界數一數二難。舉例來說，請試著用台語說出「襪子」、「梅子」這二個詞。如果你會說台語，那麼這件事情對我們來說毫無難度可言，你一定會說：「這是二種完全不同的發音啊，有什麼好學的？」但是，我們常常拿這二個詞對外國人做實驗，因為截至目前為止，很少有外國人，不論國籍，能夠清楚區分這二者在發音上的不同。如果你多唸幾次，會發現「梅子」只是在發音上，比「襪子」多了一點點鼻音而已，除此之外完全相同。中文就是發音這麼複雜的語言。

　　相較之下，日文的發音顯得單純多了，所有的假名清一色都是「子音＋母音」的發音，對於台灣人和以中文為母語的人來說，這樣的發音十分容易，幾乎不會產生太大的誤差，幾乎沒有一個日文假名是中文母語者難以發音的。

　　你會發現，即使完全沒有學過日文，跟著歌詞唱日文歌、跟著日劇唸台詞，發音都不會相差太多，至少不會像歐美人士唸日文一樣，產生極為奇怪的腔調。你也可以試試，找一位從來沒有學過日文的家人或朋友，教他們一句「おはよう」，相信他們的發音也絕對不會奇怪到哪裡去、甚至不會有奇怪的腔調。我們以中文為母語的人士，在學習日文發音上，是擁有極大優勢的。

當然，有些日文特殊發音（例如濁音），我們還是要經過學習和充分練習才能夠掌握住訣竅，但是絕大多數日文發音，對我們來說都不是問題，不會造成太多學習上的困擾。那麼，我們為什麼要放棄這種優勢，而不是利用我們的優勢，將發音學習得更好、更熟練呢？如果你說出來的日文讓別人聽不懂，那麼肯定不是天分的問題，單純只是沒有花時間學習、練習不足而已。在外國人眼中，我們都是學習日文的天才，可別白白浪費自己的優勢、讓天分睡著了！

⑦ 學習正確的發音不會花費更多時間

　　許多人有一項刻板印象，認為學習正確的發音，需要花費很多時間和精力，因為自己沒有那麼多時間，因此只能妥協，忍受自己尚有進步空間的日文發音。但是事實上，學習正確的發音不會因此花費更多的時間。同樣的學習時間，你可以選擇學習正確精準的發音，或是自己在黑暗中摸索、閱讀沒有效率的教材，導致發音達不到理想的程度。

　　學習正確的發音和學習錯誤的發音，所花的時間一樣多，而且會以同樣的速度「化石化」。在學習五十音的時候，大家花費的時間都差不多，但是有些人可以唸得很好，有些人卻唸得不好，例如學習假名「し」的時候。「し」是台灣人容易發音錯誤的假名，如果老師說：「來，大家跟我一起唸，し、し、し。」那麼很多同學一定會唸成「si」或是「c」的發音，這和正確的日文發音有所出入。如果老師花費相同的時間，教導同學：「將『し』的發音想成是『西瓜』

的『西』。」那麼就絕對不會有人再唸錯了。

　　同樣的時間，可以學習正確發音，也很容易學到錯誤的發音，端看你所使用的教材優良與否，因此絕對沒有所謂「學習精準發音必須花更多時間」這種事情。另外，當你學習發音後，無論是學到正確或錯誤的發音，之後都會以同樣的速度「化石化」。學習日文一段時間後，發音習慣就難以改變，因此一開始就學習正確發音這件事情，顯得格外重要。

　　當然，我們也有具體證據來支持我們的說法。你可以在「音速日語」網站的「發音教材」分類中，找到許多免費的發音指導文章，花少許的時間看一下這些文章，就會知道，學習正確的發音，其實並不用花上一大把的時間，只要有了適當的教材，一下子就可以幫助我們精準掌握日文發音。

【本回任務】做到請打✔

☐ 了解精進發音能力能讓你擁有比別人更大的優勢
☐ 了解台灣人學習日語發音很容易上手、別浪費天賦！
☐ 了解學習正確的發音技巧、並不會花費更多時間

發音的重要性 -2

5 創造差異化

想比別人更優秀、想擁有別人無法取代的優勢
從發音著手會是個好方法

6 台灣人學習發音有先天上的優勢

中文和台語的發音非常複雜非常難
我們在學習日文發音上擁有極大優勢

7 學習正確的發音不會花費更多時間

學習正確的發音和學習錯誤的發音，花的時間
一樣多，一開始就學對，之後會輕鬆許多

「發音」和聽力、 會話能力的密切關係

3 4

在前一章節中，我們知道了「發音」的重要性，精準的發音可以在各方面使我們處於有利的局面，同時我們也具有學習日文發音的優勢，只要付出些許心力，就能將日文發音學得很好。

我們的目的是教導大家如何從「看得懂」，一路進步到「說得出來」，不過，要想能夠流利說出外語，「聽力」也是不可忽略的要素，畢竟如果我們聽不懂對方的話，那麼該如何溝通呢？

我們了解發音本身的重要性，也知道發音會大大影響口語表達能力，那麼，發音和聽力之間，又有什麼關聯呢？難道發音精準，也有助於我們加強聽力嗎？

如果你看得懂文法、看得懂文章，但是卻聽不懂廣播、聽不懂日劇台詞，那麼會是什麼原因造成的呢？看得懂文章，表示對於文法和單字的掌握已經有了一定水準，並不是因為不懂文法或是記不住單字，而導致聽力無法進步。那麼影響聽力的因素又是什麼呢？其實也和發音息息相關。

就結論來說，發音愈是精準的人，聽力就會愈好，連帶口語會話能力也會愈好。原因有以下三項：

① 人很難聽懂自己無法發出的聲音

② 人會下意識地將自己的聲音作為基準

③ 良好發音能避免惡性循環

為什麼發音和聽力、會話能力有密切關係？

 1 人很難聽懂自己無法發出的聲音

 2 人會下意識地將自己的聲音作為基準

 3 良好發音能避免惡性循環

① 人很難聽懂自己無法發出的聲音

　　有一派語言學理論認為，人們無法聽懂自己沒辦法發出的聲音。簡單來說，如果你無法發出某種特定的音，那麼你也將無法聽懂該特定發音。因此，發音能力和聽力再也不是

毫無關係的平行線，而是呈現正向關係。如果你的發音愈是精準，你就愈聽得懂別人說出的相同發音。

我們很難用學術理論方式證明這個假設的正確性，那將耗費許多篇幅、引用許多艱深的科學證據，而且很有可能到最後得不到任何有效的結論。其實可以用更生活化的方式進行說明，而且會比較有說服力。

我不會說廣東話，所以我聽不懂廣東話；我不會說韓語，所以我也聽不懂韓語。嗯，看起來似乎不太有邏輯，沒關係，還有其他例子。

即使是台灣人，有時候我們也會聽不懂某些特定的中文發音。當我小學的時候，班級導師經常斥責同學們「ㄢㄤ不分」、「ㄥㄣ不分」，許多同學也許是因為習慣說台語的關係，分不清楚這一類相似的注音，時常將「幫幫忙」說成「班班忙」、將「鯨魚」說成「金魚」，讓我們搞不清楚他到底指的是哪一種魚。

在台灣，有許多人其實就像這樣，分不清楚這二種相似的發音，在說話的時候，經常鬧出許多笑話。有趣的是，他們無法正確地咬字、將這二種發音說清楚，這樣的情況不只會發生在口語能力，也會直接反映在聽力方面。當我們向他說「東京」、「福岡」的時候，他們會無法判別相對應的注音符號，不曉得是「東ㄐㄧㄥ」還是「東ㄐㄧㄣ」，是「福ㄍㄤ」還是「福ㄍㄢ」，這就是發音能力直接影響到聽力的最好例子。

我有位朋友，在使用電腦輸入中文時，甚至無法使用

注音輸入法，因為他永遠分不清楚什麼時候是「ㄢ」、什麼時候是「ㄤ」，什麼時候該使用「ㄥ」、什麼時候該使用「ㄣ」。一句「今天幫老師很多忙」，「今」、「幫」、「忙」三個字，每次都必須想很久，才能知道各自的正確注音，而且還時常用錯。

另外，如同我們之前舉過的例子，台語中的「襪子」和「梅子」的發音，任何會講台語的人，都聽得出其中的差別。但是，如果你不會講台語、不會台語的發音，那麼無論你怎麼聽，都很難聽出其中的細微差異，即使同樣是以中文為母語的台灣人也一樣。不會說台語的台灣人聽不懂，不會說台語的外國人同樣聽不懂，這也符合了「人很難聽懂自己無法發出的聲音」這個論點。

人很難聽懂自己無法發出的聲音，至少在日常生活層面，這個論點是成立的。因此，如果你的發音不標準，或是無法精準地發出某個音，那麼也會同時影響到聽力，讓你聽不懂自己無法發音、或是發音苦手的特定單字和語句。

換句話說，如果想加強自己的聽力，那麼當務之急，就是訓練自己的發音能力，當你可以非常精準地發出特定發音時，代表別人口中說出同樣的話，你也一樣能夠聽得懂。

練習精準的發音，不但能加強口語表達能力，還能夠訓練聽力。發音和聽力就像是一枚硬幣的兩面，相輔相成，關係密切。

人很難聽懂自己無法發出的聲音

無法清楚發音「注音符號ㄣ、ㄥ」

⇨ 很難區分「金魚」和「鯨魚」發音

不會講台語的人

⇨ 很難區分「襪子」和「梅子」台語發音

② 人會下意識地將自己的聲音作為基準

發音精準度和聽力具有密切關係的另一項理由，是我們會下意識將自己的發音作為基準，去聆聽別人說出來的話。

也就是說，如果你的發音相當精準，那麼你的聽力就是以此為基礎，你也能聽懂日文發音同樣很精準的日本人說話。但是如果你的發音不標準，那麼你的聽力也同樣是以自己的發音為基礎，你將只能聽得懂自己的日文，當你聽到和自己不同的日文發音，例如日本人的道地日文、電視上的日文新聞、日劇中的對話時，就會產生理解上的困擾，聽不懂他們在說什麼。

簡單來說，如果你的發音精準，那麼你同樣能夠聽懂精準的日文發音；如果你的發音不標準，那麼同樣只能聽得懂不標準的日文，而聽不懂真正道地的日文發音會話。聽力的好壞與否，取決於發音的好壞。發音可說是聽力的基礎，發音愈標準，聽力就愈好。

人會以自己的發音為基準，去聆聽別人的發音，如果和自己的發音差異太大，就會聽不懂。最好的例子是外國人所說的中文。

【實例一】

照理來說，中文是我們的母語，只要是中文，我們就應該能 100% 聽懂、100% 了解，沒錯吧？但是，我們卻時常聽不懂外國人所說的中文，無論是電影中外國演員講的中文台詞、還是記者會上外國明星用中文向大家問候的話，儘管他

們的中文並沒有錯誤，但我們就是聽不懂，這是為什麼呢？因為他們的中文腔調實在是太怪了，和我們習慣的發音方式差太多，因此我們有聽沒有懂。我們以自己的標準中文發音為基礎，聽不懂和自己相差太多的發音，因此才會聽不懂外國人所說的中文。

【實例二】

上日文課時，也可以見到相同現象，十分有趣。特別是日籍老師授課的時候，老師經常聽不懂台下學生說出來的日文，但是在座的其他同學卻能夠聽懂。例如同學 A 說：「ちょとまてくらさい。」日籍老師通常一臉疑惑，不曉得同學在說些什麼，但是其他同學卻能會意過來，知道同學 A 說的是：「ちょっと待ってください。」由於句中的促音不見了，整句話聽起來過於短促，而且和日本人習慣的發音方式不同，很不自然，因此日籍老師才會一時之間不明白同學所說的話。

但是，「促音不見」和「だ唸成ら」是台灣人學習日文時的通病，許多人都有此問題，除了同學 A 之外，其他同學在唸日文的時候，可能也都有相同毛病。因此，同學 A 的發音對於其他同學來說很「熟悉」、很「習慣」，和自己的發音方式差不多，因此他們才會聽得懂「不自然」的日文。

反倒是日文極其標準的日籍老師，因為同學 A 的發音方式和正統標準日文相差太多，因此聽不懂、無法理解。會出現這種「老師聽不懂日文，但是同學反而聽得懂」的有趣現

象，也是因為大家都下意識將自己習慣的發音當作判斷基準的關係。

　　因此，如果你的發音能力明顯有待加強，那麼，即使你聽了再多有聲教材、電視新聞、或是日文廣播，聽力進步的速度依然會很慢。因為你會習慣以自己的發音當作基準，去聽取其他發音，當其他發音和你相差不大時，就聽得懂，但是如果和你的發音相差太大，那麼就會很難聽得懂。

　　發音愈標準，就愈聽得懂別人標準的發音；發音愈不標準，就愈聽得懂別人不標準的發音，而聽不懂真正標準的日本人發音。

　　道理很簡單，如果想加強聽力，那麼就加強發音能力，聽力自然會隨之提升。還記得嗎？我們之前提過「以說得出來為目標學習，聽力就會跟著進步」，也是相同的道理。

人會下意識地將自己的聲音作為基準

自己的日語發音很標準

● 聽得懂同樣標準的日本人發音

✕ 聽不太懂不標準的日語發音

自己的日語發音不標準

● 聽得懂和自己同樣不標準的發音

✕ 聽不太懂日本人的標準發音

③ 良好發音能避免惡性循環

　　在心理層面，發音好壞與否，會影響自信心和學習動力，是左右學習者是否能夠堅持學習下去、讓語言能力更為精進的重要因素。發音好，會產生良性循環；發音不好，則會產生惡性循環。參考以下兩張圖就能一目瞭然。

良性循環

- 發音精準
- 獲得他人稱讚
- 有自信
- 想學習更多
- 語言能力提升

＊良性循環

發音精準的人，在溝通時能夠獲得良好的效果，因此時常獲得他人的稱讚，逐漸對自己產生自信心，對於學習外語愈來愈有興趣，想學習更多、更深入，進而使得發音能力更好更精準，其他語言能力也獲得提升，形成良性循環。不斷學習、不斷進步、不斷產生自信，使得外語能力愈來愈好，而且生活愈來愈快樂，結交了愈來愈多朋友，聽力和溝通能力都獲得大幅度進步。

＊惡性循環

不擅長發音、或是發音有待加強的人，經常因為怕丟臉、怕別人嘲笑，而不敢使用外語和他人交談，也不敢在人前開口說外語。於是漸漸喪失自信，認為自己怎麼學都學不會、怎麼學都無法流暢地使用外語，學習態度因而愈來愈消極。不肯主動學習，也不想學習更多相關知識，只想得過且過，並且祈禱自己有一天會突然開竅，一下子學會外語，遺憾的是，這一天永遠不會到來。

學習態度愈是消極，愈是不想開口，發音能力就會愈來愈生疏，進而造成自信心低落，愈來愈不想學習，形成無限迴圈的惡性循環。停止學習、停止進步、自信心和外語能力愈來愈低，朋友也愈來愈少，生活愈來愈不快樂，不僅發音愈來愈不熟練，也連帶使得聽力和會話能力遲遲無法進步。通常在這時，學習者會因為受不了挫折感而放棄學習外語。

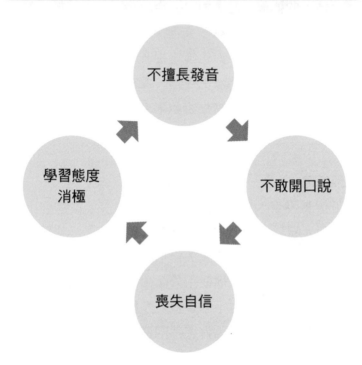

惡性循環

不擅長發音

不敢開口說

喪失自信

學習態度
消極

因此，學習正確精準的發音，除了有助於提升聽力和溝通能力之外，更重要的是，能夠讓你愈學愈快樂。沒有人逼你學日文，學校考試也不考日文，如果你還是學習得很痛苦，那麼就不是別人的錯，而是你自己的錯。

發音能力，看起來雖然只占外語學習的其中一小部分，但是卻會牽一髮而動全身，對於整體學習外語的過程產生重

大影響。良好的發音，能夠使你產生自信，增強學習動力，有助於外語的學習。

【本回任務】做到請打✔

☐ 理解為什麼改善發音能間接提升聽力

☐ 了解要聽懂日本人說的道地日語，最快方法就是自己也具備同樣標準的發音

☐ 了解精準的發音可以產生良性循環、愈學愈有勁

04
Chapter

發音訓練方法
——實戰篇

台灣人常見的八種發音問題

那些在私底下忠告我們，指出我們錯誤的人，才是
真正的朋友。

——馬雲，中國網路教父

　　本章節將介紹台灣人常見的八種發音問題，告訴各位
以中文為母語的台灣人，在學習日文發音時普遍會發生的問
題。我們會在 4-2 節，根據我們的學習和教學經驗，提供解
決發音問題的具體方法，幫助各位克服這些發音問題。

① 長音消失

　　日文的特殊發音之一「長音」，是中文所沒有的發音方
式，許多人學習日文時，經常忽略了長音的重要性，使得說
出來的日文顯得不自然。

　　所謂長音，顧名思義就是「延長發音」，在假名後方
接上特定母音（あいうえお）的話，有時候就會變成長音。
例如：「おかあさん」，「か」的後方為「あ」，這時發音
就不再是「お・か・あ・さ・ん」，而是發音成「お・か—
さ・ん」，將「か」的發音延長。

　　關於長音規則，簡單整理如下：

* **羅馬拼音最後字母為「a」的假名**

  あかさたなはまやらわ＋あ　→　長音

  例：おかあさん・さあ・なあ・やあ・まあ・わあ。

* **羅馬拼音最後字母為「i」的假名**

  いきしちにひみり＋い　→　長音

  例：いいです・きいて・しいたけ・ちいさい・
  　　にいさん。

* **羅馬拼音最後字母為「u」的假名**

  うくすつぬふむゆ＋う　→　長音

  例：くうき・すうがく・つうしん・ふうせん・
  　　ゆうき。

* **羅馬拼音最後字母為「e」的假名**

  えけせてねへめれ＋い　→　長音

  例：けいさん・せいかい・ていねい・へいや・
  　　めいれい。

* **羅馬拼音最後字母為「o」的假名**

  おこそとのほもよろ＋う　→　長音

  例：おうぎ・こうふく・そうごう・さとう・
  　　のうさく。

雖然我們羅列了這麼多規則，但是學習長音時，與其死背規則，更好的方法是實際將單字唸出聲音，如此更容易體會長音的感覺。中文並沒有類似的「延長發音」習慣，因此許多人在唸日文時，會發生「長音太短」或是「長音消失」的情況。例如：

「おばあさん（老婆婆）」→「おばさん（阿姨）」
「ゆうき（勇気）」→「ゆき（雪）」
「せいかい（正解）」→「せかい（世界）」
註：第一行括號為中譯，第二、三行括號為日文漢字

從上面的例子可以看到，在日文當中，「普通發音」和「延長發音」的長音，是代表不同意思的；同樣的假名，會隨著長音的有無，而形成完全不同的意思，例如「おばあさん」和「おばさん」。

長音是構成單字意思的重要因素，如果沒有將長音完整發音，將會造成意思上的混淆。在中文當中，延長發音並不會造成意思上的不同，只會給人有不同語氣的感覺，因此台灣人在講日文時，經常會不自覺地忽略了長音。

【實例】

我們以「休憩十五分（きゅうけいじゅうごふん）」當作例子進行說明。空格代表每個假名的發音時間。標準說法如下圖所示：

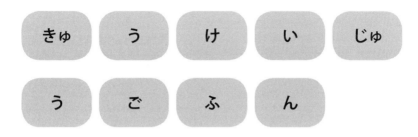

可以看到，長音的「きゅ『う』」、「け『い』」、
「じゅ『う』」發音時間，和其他假名是相同的，必須要延
長前一個假名的發音大約一拍的時間，這樣才能傳達完整的
意思。

但是許多台灣人在唸日文的時候，都會發生「長音消
失」的情形，使整句話聽起來十分短促。

這樣的日文，日本人是聽不懂的，雖然都是由相同假名
構成，但是少了長音，整句話的意思就會完全不同，令人難
以理解。

另一方面，中文當中，無論是「延長發音」或是「縮短
發音」，都不會造成意思上的變化，最多也只會有語氣上的
變化。

一般說法：

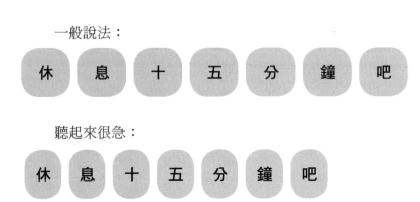

聽起來很急：

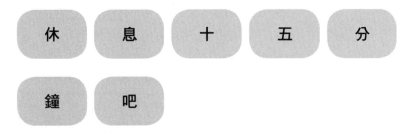

聽起來很悠閒：

休　　息　　十　　五　　分

鐘　　吧

　　我們的母語是中文，因此唸日文時經常會下意識地忽略「長音」的存在，在該延長發音的地方，沒有延長發音，造成聽者在理解上的困難。

【本回任務】做到請打✔

☐ 了解什麼是「長音」
☐ 了解常見發音問題「長音消失」
☐ 了解日文發音時間不同會產生意思差異
☐ 實際唸一次日文「休憩十五分」，觀察是否有我們提
　　到的長音消失問題

發音問題 1：長音消失

台灣人在講日文時，經常會不自覺地忽略了長音

⇨ 「ゆうき（勇気）」→「ゆき（雪）」
「せいかい（正解）」→「せかい（世界）」

發音範例：休憩十五分（きゅうけいじゅうごふん）

きゅ	う	け	い	じゅ

う	ご	ふ	ん

台灣人常唸成這樣（長音消失）：

きゅ	け	じゅ	ご	ふ	ん

💡 這樣日本人是聽不懂的喔！

② 促音不見

　　和「長音消失」同樣頻繁發生的發音問題，就是「促音不見了」。中文當中，同樣沒有「促音」的概念，因此台灣人在學習日文、以日文進行會話時，經常忽略了「促音」的存在。

　　促音，顧名思義，就是「短促的發音」。促音以假名「つ」表示，但是當作促音時，「つ」要寫得比較小，像這樣「っ」。至於促音如何發音？簡單來說，就是「暫停發音」。

　　例如：「ちょっと」當中有一個促音，這時就不發「tsu」的音，而是突然暫停發音一拍。也可以將促音想像成休止符，在有促音的地方停止發音。雖然我們知道在有促音的地方，必須暫停一拍的發音，但是理論總是比實踐容易，由於中文完全沒有這種「暫停發音」的習慣，因此我們在唸日文的時候，經常會下意識地忽視促音的存在，完全沒有停頓，或是在促音的地方停頓得不夠久。

　　和長音相同，促音的有無也會影響到單字的意思，有促音的單字，和沒有促音的單字，意思上是完全不一樣的。例如：

　　「きって（切って）」→「きて（来て）」
　　「にっし（日誌）」→「にし（西）」

【實例】

我們使用圖表，來表示促音所造成的意思差別，以「ち
ょっとまってください（請等一下）」當作例句。

標準說法：

台灣人經常發音成以下形式：

促音全部消失不見，整句話一氣呵成，完全沒有停頓。
不過很遺憾，別人聽不懂這樣的日文，少了促音之後，整句
話的意思都會跟著改變，讓人無法理解。

如同前述，中文的話，即使縮短發音，意思也不會改
變，頂多聽起來比較急。因此很多人都會忽略「促音」的重
要性。

一般說法：

聽起來比較急：

　　由於中文的發音習慣，使得我們在說日文時，會下意識地讓「促音不見」，在發音該停頓的地方，沒有進行停頓，如此對方將無法聽懂你說的話，造成溝通上的困難。

【本回任務】做到請打✔

☐ 了解什麼是「促音」
☐ 了解常見發音問題「促音不見」
☐ 了解日文促音在區別日文單字上的重要功能
☐ 實際唸一次「ちょっと待ってください」，觀察是否有我們提到的促音不見問題

發音問題 2：促音不見

台灣人在講日文時，經常會不自覺地忽略了促音

⇨ 「きって（切って）」→「きて（来て）」
「にっし（日誌）」→「にし（西）」

發音範例：請等一下（ちょっと待ってください）

ちょ	っ	と	ま	っ

て	く	だ	さ	い

台灣人常唸成這樣（促音不見）：

ちょ	と	ま	て	く

だ	さ	い

💡 這樣日本人是聽不懂的喔！

③ 台灣人不擅長的五十音發音

　　接下來，是「五十音」的發音問題。雖然大部分的五十音台灣人都可以輕鬆唸出來，但是有幾個特定的假名，發音方式較為特別，必須經過練習才能掌握發音訣竅。

　　這些假名的發音方式和假名的羅馬拼音不同，在學習時得特別注意，不能照著羅馬拼音的方式直接唸出來，而這些假名也是台灣人在發音上的弱點之一。

　　對台灣人來說，發音較特殊的假名為「し」、「ふ」、「す」。「し」的羅馬拼音為「shi」，台灣人經常發音成「shi」、「si」、「c」的形式，但是這三種發音都不標準，並非假名「し」的正確發音。

　　「ふ」的羅馬拼音為「fu」，台灣人經常發音成「fu」、「hu」、「夫」等等形式，但是這幾種發音都不精準，並非假名「ふ」的正確發音。

　　「す」的羅馬拼音為「su」，台灣人經常發音成「su」、「思」、「酥」等等形式，但是這幾種發音都不精確，並非假名「す」的正確發音。

　　這三項假名的發音是台灣人較不擅長的，學習日文時，大家通常能夠將其他假名唸得很好，唯獨這三項假名例外，發音方式千奇百怪，較少人能夠唸得非常精確。一般來說，需要經過特別指導，加上充分練習，才能夠熟悉這三個特殊發音的假名。我們將在後面章節教你如何正確發音。

發音問題 3：台灣人不擅長的五十音發音

し ⇨ 台灣人經常發音成「shi、si、c」的形式，但是這三種發音都不標準

ふ ⇨ 台灣人經常發音成「fu、hu、夫」等等形式，但是並不精準

す ⇨ 台灣人經常發音成「su、思、酥」，但是這幾種發音都不精確

💡 我們將在後面章節教導如何正確發音

【本回任務】做到請打 ✔

☐ 了解日文假名「し、ふ、す」需要特別練習

④ 濁音發音問題

對台灣人來說，最頭痛的發音問題之一，就是「濁音」，中文沒有濁音，因此我們很難分得清楚日本人什麼時候講的是清音、什麼時候講的是濁音。

例如：「じてんしゃ／じでんしゃ」、「さとう／さどう」、「うた／うだ」這些字彙，只有清音和濁音上的不同，但是如果光用耳朵聽，以中文為母語的我們，很難聽出其中的差別。這是與生俱來的問題，和天分及努力無關。

你也許會說，「て」的發音是「te」、「で」的發音是「de」，完全不一樣，怎麼可能會聽不出來呢？

但是，日文發音並沒有這麼單純。日文發音除了有「清音、濁音」的區別之外，還有「有氣音」和「無氣音」的差別。我們在學習五十音的時候，已經學過了清音和濁音，那麼，什麼是「有氣音」和「無氣音」呢？

* **有氣音：**唸的時候會從嘴巴噴出空氣的發音，例如中文「太陽」的「太」。
* **無氣音：**唸的時候不會從嘴巴噴出空氣的發音，例如中文「戴帽子」的「戴」。

我們台灣人在唸日文清音的時候，習慣唸成「有氣音」的形式，例如在唸「たちつてと」的時候，你可以將手掌發在嘴巴前面，會發現當我們唸這些假名的時候，都會有空氣從嘴巴中噴出來，這就是「有氣音」的感覺。問題來了，雖

然我們習慣將清音唸成「有氣音」，但是日本人在唸日文的時候，卻習慣將清音唸成「無氣音」，而這些「無氣音」的清音，在我們台灣人的耳朵裡聽來，和「濁音」沒有兩樣，很難辨別。

我們可以將中文和日文的發音差別，整理成下表的形式。

中文和日文的發音差別

	中文	日文
有氣清音	ㄎ、ㄆ、ㄊ	か、て、と （發音時會吐氣）
無氣清音	ㄍ、ㄅ、ㄉ	か、て、と （發音時不會吐氣）
濁音	中文沒有濁音概念， 不過台語有非常類似的 發音	が、で、ど （發音時不會吐氣）

從表中可以知道，日文的發音分為「有氣清音」、「無氣清音」、「濁音」，其中「有氣清音」、「無氣清音」分別對應中文的「ㄊ」、「ㄅ」發音，但是中文則沒有濁音。

因此，我們很容易分不清楚日文中的「無氣清音」和「濁音」的差別，當別人說「自転車で学校に行く」，我們會聽不出來到底是「じてんしゃ」還是「じでんしゃ」。別人向我們介紹「こちらは佐藤さんです」的時候，我們也很難聽得出來，到底是「さとうさん」、還是「さどうさん」。

　　這個問題看起來似乎很棘手，然而卻不是完全沒有希望的。別忘了，我們除了會說中文之外，我們還會台語，雖然中文沒有濁音，但是台語卻有和濁音相似的發音，我們可以藉由台語的優勢，來學習日文中令人頭疼的「濁音問題」。克服濁音的方法請見 4-2 節。

【本回任務】做到請打✔

☐ 理解日文中清音有「有氣清音」和「無氣清音」二種
☐ 理解日文的「有氣清音」對應中文「ㄎㄆㄊ」、「無氣清音」對應中文「ㄍㄅㄉ」
☐ 了解中文並沒有「濁音」的發音習慣
☐ 了解我們中文母語者很難聽出「無氣清音」和「濁音」的區別

⑤ 母音無聲化

「母音無聲化（devoicing）」為語言學名詞，是日文發音的獨特現象。簡單來說，原本應該由聲帶振動發音的某些假名（通常是以「i」、「u」發音結尾的假名）產生無聲化的情況，發音時聲帶不振動，只發出氣音。

經由這樣的發音方式，說話者可以不用將每個假名的發音都大聲唸出來，而達到省力、方便發音的目的，特別是那些本來就不容易發音的字彙。例如「がくせい（学生）」、「ひと（人）」、「です」等字彙就會產生「無聲化」，光靠文字並無法體會原始發音和「母音無聲化」的差異，請進入以下網址聆聽聲音檔，會更容易理解。

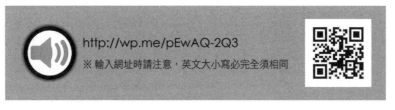

http://wp.me/pEwAQ-2Q3
※ 輸入網址時請注意，英文大小寫必完全須相同

一般來說，日文學習者並不需要過度矯正「母音無聲化」的發音，原因有二項。首先，「母音無聲化」是自然的發音習慣，以「母音無聲化」的方式來發音，會比較輕鬆省力，功能僅止於此，不會造成意思上的誤解。其次，日本各地都有其專屬的方言，許多方言中也沒有「母音無聲化」的發音習慣，因此對於外國人來說，在初、中級階段時不必硬性強求。

不過，唯獨有一項「母音無聲化」用法，是日常生活會頻繁用到、而許多人都會錯誤發音的，必須多加練習。

日文句尾出現的「です」、「ます」中的假名「す」，日文習慣唸作「s」的發音，而不唸作「su」。例如：

① です：de su → de s
② でございます：de go za i ma su → de go za i ma s
③ 行きます：i ki ma su → i ki ma s

在母語無聲化的發音方面，只須特別注意在句尾的假名「す」發音即可。關於「母音無聲化」，有一大卡車的研究論文和發音規則可以學習，但是我們的目的並不是背書，即使背了很多發音規則，還是很難直接應用在實際發音上面，因此只要順其自然即可，除了上述規則外，其實不需要去記其他複雜的發音規則。

【本回任務】做到請打 ✔

☐ 理解什麼是「母音無聲化」
☐ 聆聽聲音檔，具體了解什麼是「母音無聲化」
☐ 注意「です‧ます」結尾的「母音無聲化」發音現象

發音問題 5：母音無聲化

特定「i、u」發音結尾的假名
發音時聲帶不振動，只發出氣音

例：が**く**せい（学生）　**ひ**と（人）

母音無聲化

例：行きま**す**　でございま**す**

這項母音無聲化會頻繁用到
需要多加練習

⑥ 重音問題

中文有許多發音相近的字，例如「七、奇、起、器」，注音寫法皆相同，唯一不同的地方在於「四聲」。因此，中文的一、二、三、四聲（有時包含輕聲），成為區分許多發音相近字彙的有力工具，例如外國人經常混淆的「統治／同志」、「努力／奴隸」等字。四聲不但有助於區別字義，同時更讓我們看到不認識的字時，查了字典就能知道該字的標準發音。

同樣地，日文中也有許多發音相近的字，為了區分字義，因此有所謂的「重音」。如同每個中文字都有附上四聲，每個日文單字也有其個別的重音。重音就是每個日文單字的發音方法。

有些語言，以語氣強弱來區分不同的發音，以加強語氣和減弱語氣的方式，代表不同單字的發音，例如英文的重音。

日文當中，發音則是以聲音的高低來區別，以高、低音代表不同單字的發音，例如「橋（はし）／筷子（はし）」二個單字，差別就在高低音。「橋（はし）」的發音方式為「低高」，「筷子（はし）」的發音方式為「高低」。

由於日文的重音和中文的四聲，在發音方式上有非常大的區別，因此儘管台灣人在學習五十音時，不會遇到太大的困難，但是仍然要花時間學習「重音」，了解如何掌握單字發音和語句聲調。

我們經常會犯的發音錯誤之一，就是在日文重音方面無法

將高低音發清楚。例如：「桃子（もも）／大腿（もも）」、「花朵（はな）／鼻子（はな）」、「雨（あめ）／糖果（あめ）」、「一（いち）／位置（いち）」。

　　這幾組單字，都是由相同的假名所組成，差別只是在「重音」的不同。隨著重音的不同，單字的意思也會完全不一樣，因此如果我們說日文的時候，沒有將重音、也就是每個假名的高低音唸好，那麼對方也很難判斷我們話中的意思。

【本回任務】做到請打 ✔

□ 理解日文是以聲音高低來區分字義
□ 了解日文重音符號的閱讀方式（見下頁圖表連結）
□ 實際將下頁圖表的日文字彙唸一次，體會不同重音的
　　差別

發音問題 6：重音問題

1 中文以「四聲」區分發音相似字彙

⇨ 七、奇、起、器
統治／同志　　努力／奴隸

2 日文以「重音」區分發音相似字彙

⇨ 桃子（もも・0號音）　　大腿（もも・1號音）
花朵（はな・2號音）　　鼻子（はな・0號音）
雨（あめ・1號音）　　　糖果（あめ・0號音）
一（いち・2號音）　　　位置（いち・1號音）
大海（うみ・1號音）　　膿（うみ・2號音）
晴天（はれる・2號音）　腫脹（はれる・0號音）

日文重音的唸法，請參考這篇音速日語的教學
文章：http://wp.me/sEwAQ-accent
※ 輸入網址請注意，英文大小寫必完全須相同

⑦ 習慣拖長發音、全部黏在一起

台灣人在說日文的時候，經常會不自覺拖長發音，使得句中每個假名的發音全部黏在一起，就像一團橡皮糖一樣，讓人聽不懂到底在說些什麼。

使用文字不好解釋，請各位進入以下網址聆聽聲音檔直接比較看看，例如：「私は朝起きて、ごはんを食べました。」

 http://wp.me/pEwAQ-2Q3
※ 輸入網址時請注意，英文大小寫必須完全相同

我們在唸中文的時候，有時候習慣「拖長發音」，因為這樣發音起來較為輕鬆，但也因此使得我們說起話來，顯得有些模糊不清。例如：當我們肚子餓的時候，會像：「我—肚—子—好—餓—啊—。」這樣拖長每個字的發音，使得每個字的發音黏在一起。

在其他方面也相同，你或許聽過周杰倫講話和唱歌，咬字有些不清，其實我們許多人都習慣那樣的說話方式，拉長每個字的發音，這樣說起話來較為輕鬆。

但是在唸日文的時候，必須「簡潔有力」，發音不能拖。在你學習五十音的時候，老師應該有說過，在唸「あい

うえお」的時候，必須念成「あ！い！う！え！お！」的形式，而不能唸成「あ—い—う—え—お—」學習日文時，每一個字必須清楚且簡短地發音，如此一來，在講一整句話的時候，才能聽得很清楚。

如果按照我們說中文的習慣來說日文，略為拉長發音的話，那麼你的日文聽起來就會模糊不清、發音全部混淆在一起，這是我們必須特別注意的地方。不能夠將中文的發音習慣帶到日文中，這麼做會讓別人難以理解你說出口的日文。

只要將每個字、每個音發清楚，即使說話速度再快，對方也能夠清楚理解你話中的意思。清楚發出每一個音，是重點所在，那麼有什麼方法，可以幫助我們達到清楚發音的目標呢？我們會在後面章節談到。

【本回任務】做到請打✔

☐ 具體了解什麼是「拖長發音」

☐ 實際用手機錄一次「私は朝起きて、ごはんを食べました。」並和文中提供的聲音檔進行比較，觀察發音是否有拖長

發音問題 7：習慣拖長發音

習慣拖長發音、全部黏在一起

⇨ あーいーうーえーおー

私はー朝起きてー
ごはんーをー食べましたー

GOOD!

日文每個字必須清楚簡短地發音

⇨ あ！い！う！え！お！

私は、朝起きて、
ごはんを、食べました！

⑧ 聲音沉悶

　　日本人說日文的時候，聲音普遍高亢、清亮、有精神，但是台灣人說日文的時候，不知道為什麼，聲音總是較為沉悶、沒有起伏、給人沒有精神的感覺。

　　以文字方式很難描述這種差別，各位可以進入以下網址，聽聽看台灣人和日本人在說日文時的音色差別。例如：「私は学校に行きます」、「今日は晴れてよかった」

http://wp.me/pEwAQ-2Q3
※ 輸入網址時請注意，英文大小寫必完全須相同

　　如果你看過日劇、或是實際去過日本的話，會發現日本人不論男女，聲音的音調都比台灣人略高一些，聲音聽起來較為高亢。台灣人說日文的時候，即使文法和字彙方面沒有錯誤，聲音還是聽起來比較低、比較沉悶，這是為什麼呢？有方法可以解決這項問題，使我們的日文更道地嗎？

　　有的，有方法，而且我們親自實踐過許多次。我們曾經就類似的發音問題，指導過好幾位日文口譯，他們學習日文很長一段時間，能夠使用日文進行非常流利的會話，文法和字彙方面的能力也相當完整，不會出現錯誤。唯獨發音方面，雖然重音都對，但是總覺得哪裡怪怪的，有一點台灣腔調，後來發現是由於聲音過於沉悶的關係，以致於聽起來跟

日本人的日文有些不太一樣，之後，透過我們所建議的方法加以練習，聲音沉悶的情形改善了許多，日文聽起來也更加道地。

　　現在我們知道了台灣人常見的發音問題，那麼，有沒有方法能夠有效率解決這些問題呢？當然有，請趕緊翻到下一章節吧！

【本回任務】做到請打✔

□ 觀察一下日本節目主持人、或是動畫角色配音，他們的日語是不是都比較高亢呢？

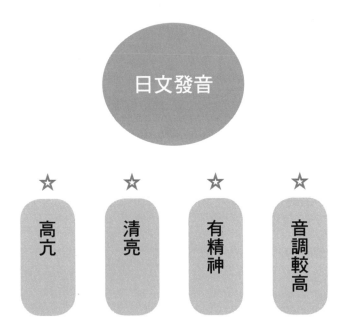

日文發音

☆ 高亢

☆ 清亮

☆ 有精神

☆ 音調較高

解決日文發音問題的八項方法

　　那麼，該如何解決台灣人常見的發音問題，使自己的日文發音聽起來更加標準呢？

　　我們提供幾項實用方法，可以幫助你克服遇到的發音相關問題。方法並不複雜，也不需要花費大量時間學習，只要改變一下發音和說話的方式，很快就可以使你說出相當道地的日文。

① 練習容易錯誤的五十音發音和常見重音
② 使用常見且熟悉的字彙文法
③ 說話時速度放慢、聲音放大
④ 以鼻腔共鳴發聲
⑤ 有意識地拉長長音和促音的發音
⑥ 練習濁音發音「だ・で・ど」
⑦ 使用緩衝語句，防止腦袋一片空白
⑧ 錄下自己的聲音聽聽看

① 練習容易錯誤的五十音發音和常見重音

第一項方法，是練習台灣人經常發音錯誤的「五十音」。母語為中文的台灣人，在學習日文五十音的發音方面，不會遭遇到太多困難，但是唯有三個假名的發音，必須特別注意。分別為「し」、「ふ」、「す」，其正確發音方式為：

＊し：想像是中文「西瓜」的「西」發音。

＊ふ：唸中文的「夫」，但是注意你的上排牙齒不可以碰到下方的嘴唇。

＊す：將嘴巴嘟起，像是親吻人的樣子，然後唸出「思」的發音。

　　光憑文字敘述可能很難了解，各位可以實際做一次看看，再對照日本人的實際發音。你會發現，在經過練習後，就能夠將這三個假名，唸得像日本人一樣精準。

　　其次，是熟悉日文的「重音」，我們必須熟悉重音的發音方式。在學習重音方面，我們不需要將所有看到的單字重音硬背起來，單字太多了，不可能背得完。相反地，我們必須學習如何閱讀「重音記號」，知道如何依照重音記號，發出標準的日文發音。如此一來，當我們看到不會唸的單字，只要直接查詢字典，照著字典上所標示的重音記號發音即可。

　　真正常用的單字，多查詢幾次、多唸幾次之後就會自然

記起來，當我們學習日文一段時間、對於日文的重音規則愈來愈熟悉後，即使遇到第一次見到的生字，也能大致知道如何發音。

傳統語言學上，將日文重音分為二種：高音和低音，但是根據我們的觀察和使用經驗，日文的重音應該分為三種：高音、中音以及低音。關於日文重音的詳細教學，請參照「音速日語」網站的「發音教材」，有詳細且免費的介紹。

至於如何查詢重音，除了使用傳統的紙本字典和昂貴的電子辭典之外，也推薦使用「網路字典」查詢。只要有電腦或手機，連上網路，就可以利用以下的「weblio 辞書」網站，在三秒鐘內查出任何一個常用日文單字的重音記號。

weblio 辞書

http://www.weblio.jp/

※ 輸入網址時請注意，英文大小寫必完全須相同

解決方法 1：
練習容易錯誤的五十音發音和常見重音

し ⇨ 想像是中文「西瓜」的「西」發音

ふ ⇨ 唸中文的「夫」，但是注意
上排牙齒不可以碰到下方的嘴唇

す ⇨ 將嘴巴嘟起，像是親吻人的樣子
然後唸出「思」的發音

💡 必須熟悉重音的發音方式
以及重音記號的閱讀方式

【本回任務】做到請打✔

☐ 實際練習「し、ふ、す」假名的發音
☐ 熟悉重音記號的閱讀方法、必須能夠很精準地唸出來
☐ 實際用手機或電腦到「weblio」網站查詢日文單字
重音

② 使用常見且熟悉的字彙文法

使用常見以及我們所熟悉的字彙和文法，可以大幅度減少會話時產生發音錯誤的情況。

如果你的目標，是在使用日文進行會話時儘可能減少發音錯誤、吃螺絲、結巴的情況，那麼比起讀很多文法書和背很多單字，花時間練習會話和發音、使用常見單字以及使用你所熟悉的單字句型，更可以達到目的。

當我們臨時遇到沒看過的單字時，可能會由於不熟悉的關係，不知道該如何正確發音，而容易發音錯誤；但是，如果是時常見到的單字，或是自己已經說過許多次、非常熟悉的單字，那麼就不容易有發音錯誤的情形。

舉例來說，當我們唸「心よりお詫び申し上げます」這句話時，可能會有些結巴、可能不知道整句話的正確聲調，無法順暢地唸出來。因為這是平時很少有機會使用的語句，只用於正式商業場合向對方道歉的時候，如果你在會話中使用這一類你所不熟悉、較冷門的字彙和句型，那麼發生錯誤的機率就會大幅提高。

相反地，「ありがとう」、「こんにちは」、「すみません」這三個字彙，相信任何學過一點點日文的人，都不太會發音錯誤，因為這是日常生活中相當常見的單字，我們平時使用的頻率也很高，在很多情況下都會用到。我們在會話中使用這些常見單字時，極少會有發音錯誤的情形。

因此，想減少發音錯誤的情況，其中一項有效率的方法，就是使用簡單、常見、自己熟悉的字彙和句型。

使用簡單常見的字彙進行溝通，其實是有很多優點的，不但我們在說話時不容易發音錯誤，對方也可以很快聽懂。相對地，如果在說話時使用一些冷僻、艱深的詞彙，不但自己會很容易吃螺絲、產生不自然的發音，而且也會讓對方難以理解你所說出來的話，是得不償失的行為。

【本回任務】做到請打✔

☐ 會話時儘可能使用自己熟悉的文法句型和字彙
☐ 了解使用簡單字彙的好處：發音不容易錯、說話更流暢、對方更容易聽懂

解決方法 2：
使用常見且熟悉的字彙文法

會話時使用簡單且我們熟悉的字彙和句型

⇨ 降低發音錯誤的機率

⇨ 對方很容易就能聽懂

⇨ 說話比較不會吃螺絲

⇨ 心裡比較不容易緊張

③ 說話時速度放慢、聲音放大

說話時，刻意將速度放慢、聲音放大，可以讓你的日文聽起來更為清楚易懂，減少由於急促所產生的不自然發音，並且可以改善假名發音全部黏在一起的情形。

說話時將速度放慢、聲音放大，其實有許多優點：

① 降低發音和文法出錯的機會。
② 讓對方更容易聽懂你說的話。
③ 有更多思考的時間。
④ 培養自信的態度。

前二項優點，相信大家很容易了解，當我們緊張時，腦袋一片空白，說話速度容易加快，經常會用錯文法、或是使得發音模糊不清。因此，我們以緩慢穩健的速度說話，就不會因為過於急促的關係，產生許多發音和文法上的錯誤情形，而能夠發揮自己原本的實力，不僅會話會更為流暢，對方也會更容易聽懂你的話。

另外，將聲音放大也是重點之一，許多人講話時喜歡講在嘴巴裡，聲音過小，容易造成溝通上的困難，即使發音完全正確，但是對方聽不懂的話，也是沒有意義的。

以緩慢而穩健的速度說話，可以使你有更多的思考時間，思考該用什麼樣的字彙、該用什麼樣的句型來表達自己的意思，而不會因為急著說話，而犯了一些原本不應該犯的錯誤。我有一位口譯同事，有一次自我介紹時太緊張了，竟

然說成：「はじめまして、私は林さんです。」稱呼自己不可以加「さん」，這是基本中的基本，但是由於緊張的關係，他不小心犯了這種初級錯誤，被我們笑了好久。

最後，緩慢穩健的說話速度，能夠培養自信的態度。我們可以觀察一下國家元首、企業領袖、演說家的說話方式，他們說話和致詞時，總是不疾不徐，一字一句將自己的想法清楚地表達出來，不會有誇張的動作，不會有焦急緊張的神情，也不會急著將話全部說完，給人一種「自信、威嚴」的感覺。

有自信的人，動作總是慢慢地、不疾不徐，應該很少會看到企業執行長或是國家元首在辦公室中跑來跑去，一邊手忙腳亂地收拾文件，一邊大聲說：「慘了！趕不上會議了！」之類的情況吧。因此，說話速度放慢、聲音放大，除了能夠減少發音錯誤之外，也能讓我們看起來充滿自信。當我們能夠一字一句清楚地說出自己的意見時，別人對於我們的評價也會提高。

解決方法 3：
說話時速度放慢、聲音放大

初、中級階段時
說話速度要慢、聲音要大聲清楚

⇨ 降低發音和文法出錯的機會

⇨ 讓對方更容易聽懂你說的話

⇨ 有更多思考的時間

⇨ 培養自信的態度

【本回任務】做到請打 ✔

□ 日文初中級學習者，説話儘可能聲音放大、速度放慢
□ 學一段時間、熟悉日文語句發音後，再試著加快速度
□ 了解「聲音放大、速度放慢」的四項優點

④ 以鼻腔共鳴發聲

我們說中文的時候，習慣以「喉嚨」發聲，但是日本人說日文的時候，則是習慣以「鼻腔」發聲，因此台灣人的聲音聽起來較沉悶，而日本人的聲音聽起來較為高亢。

那麼，要如何使我們的日文，像日本人一樣發音標準道地呢？很簡單，在唸日文的時候，刻意使用鼻腔共鳴發聲，講話的時候帶一點鼻音，如此一來，就不會有發音沉悶、沒精神的感覺了。

什麼是「喉嚨」發聲和「鼻腔」發聲呢？請各位進入以下網址，可以聽到相關示範。

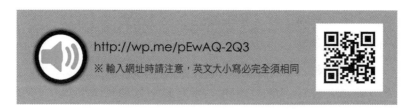

http://wp.me/pEwAQ-2Q3
※ 輸入網址時請注意，英文大小寫必完全須相同

台灣人習慣用「喉嚨」、日本人習慣用「鼻腔」發聲，這是語言習慣的問題，說中文用「喉嚨」發聲較為自然，然而說日文用「鼻腔」發聲，聽起來則會比較道地。中日文不同的發音習慣，也會影響台灣人和日本人學習外語的情形，當台灣人說日文時，由於習慣以中文的發音方式說話，因此聲音聽起來會沉悶、低沉、沒有精神。不過另一方面，日本人說中文時，由於同樣習慣以日文的發音方式說話，因此通

常中文的鼻音會特別重。你可以觀察一下，YouTube 影片中的日本人在說中文的時候，是不是都帶著一股鼻音？

我有幾位從事日文口譯的朋友，雖然日文重音和語調都沒有問題，但是聽起來就是不像日本人的日文。後來，我們發現原因就是「發聲方式」，告訴他們「鼻腔發聲」的方式和訣竅後，日文立刻聽起來較為高亢、有精神不少。

那麼，我們在會話時，到底該如何使用「鼻腔」發聲呢？難道必須要將鼻子捏著嗎？或是像感冒一樣，拿東西將鼻孔塞起來嗎？

不用，其實沒有你想像地那麼難，只要「刻意提高自己的音調」就可以了，在說日文的時候，將自己平時習慣的說話音調，往上調高一點，使用較高的聲音講話。這時會感覺到，除了喉嚨之外，鼻子後方也跟著振動，這就是所謂的「使用鼻腔發聲」了。

說日文時，調高自己平時習慣的說話音調，不但能夠有效改善發音過於沉悶的問題，聽起來更有精神，同時也可以讓你的日文發音聽起來更道地、更像是從日本人口中說出來的日文。

解決方法 4：以鼻腔共鳴發聲

很簡單，說日文的時候
刻意提高自己平時習慣的說話音調

⇨ 聲音聽起來高亢有精神

⇨ 發音更道地

【本回任務】做到請打✔

☐ 聆聽聲音檔，體會「喉嚨發聲」和「鼻腔發聲」的不同之處

☐ 說日文時、試著將說話音調往上調高一些

⑤ 有意識地拉長長音和促音的發音

　　我們在 4-1 節說過，「長音消失」和「促音不見」是台灣人常發生的發音錯誤情形，那有什麼方法可以避免這種情況發生呢？有的，方法就是「說話時刻意拉長長音和促音的發音」。

　　簡單來說，當遇到日文單字中有長音時，如果你原本的習慣是將發音拉長一拍，那麼這時就得刻意再將發音延長。同樣地，當日文單字或語句中出現促音時，如果你原本的習慣是停頓一拍，那麼這時就得再刻意停頓久一點。

　　我們以「休憩（きゅうけい）」、「ちょっと待って」二句日文當作例子，假設你念「休憩」這個字的時候，習慣念成「きゅーけー」，那麼就得再把發音拉長，念成「きゅーーけーー」。念「ちょっと待って」這個詞的時候，最好再增加停頓的時間，刻意念成「ちょっ　と待っ　て」的形式。

　　不過，為什麼要刻意拉長發音呢？這樣一來，聽在日本人耳裡，不會覺得很奇怪嗎？

　　其實完全不會，相反地，拉長發音之後，反而比較容易聽得懂。我們說過，中文沒有所謂「拉長發音」和「發音突然停頓」的說話習慣，因此即使我們學了日文之後，知道什麼是長音、什麼是促音，但是知道是一回事，實際使用又是一回事，我們經常會下意識受到中文習慣的影響，使得長音的部分沒有拉長發音、促音的部分沒有停頓發音，即使我們有將長音和促音發音出來，但是發音的時間通常也是過於短促。

　　最常見的情況是，台灣人說日文的時候，長音拉得不夠長、促音也停得不夠久。雖然我們已經知道長音和促音的部分必須特別注意，但是實際說話時還是很容易忽略。

　　因此，如果我們在說話時，刻意拉長長音和促音的發音時間，讓日文中的長音和促音聽起來更為明顯，會更有利於傳達意思，別人也更容易聽懂。

【實例】

　　舉例來說，你可以試著唸「来<ruby>き</ruby>てください」、「切<ruby>き</ruby>ってください」、「聞<ruby>き</ruby>いてください」這三個不同句子。若是按照平時的習慣來唸，你可能會發現，這三個句子聽起來都差不多，都是「きてください」，但是如果你刻意拉長長音的時間、增加促音停頓的時間，那麼這三個句子就會聽起來完全不一樣，很容易判斷你說的是「請來」、「請切」還是「請聽」。

【本回任務】做到請打✔

☐ 說日文時，試著刻意拉長一點「長音」發音
☐ 說日文時，試著在「促音」之處停頓久一點
☐ 了解這二項簡單的方法、可以讓我們說的日文更易懂

長音的部分延長一些發音
促音的部分停頓久一點

きゅ　う　け　い

⬇ 長音範例：

きゅ　う　け　い

ちょ　っ　と　ま　っ　て

⬇ 促音範例：

ちょ　っ　と　ま　っ　て

⑥ 練習濁音發音「だ・で・ど」

「濁音」是台灣人學習日文的罩門之一，特別是我們先前提到的「無氣清音」和「濁音」，中文完全沒有這樣的分別，因此我們很難以耳朵判斷什麼時候是清音、什麼時候又是濁音。「さとう／さどう」、「わたし／わだし」在我們聽來，幾乎完全沒有差異。

但是，住在台灣的我們，除了會說中文之外，大部分人也會說台語，即使無法很流暢，但是對於台語普遍都不陌生。和中文不同，台語之中是有「無氣清音」和「濁音」的區別的，由於熟悉台語的關係，我們也自然能夠分辨出「無氣清音」和「濁音」之間的差異。

例如：「巴」的中文發音和「肉」的台語發音，都可以寫「ba」，但是如果你懂台語的話，就會發現二者顯然聽起來不同。中文「巴」的發音相當於日文的「無氣清音」，台語「肉」則相當於「濁音」。相同的例子還有「姑」的中文發音和「牛」的台語發音，都可以寫作「gu」，但是二者的發音有微妙的差異。

由於有台語加持的緣故，我們可以分辨出日文中許多清音和濁音的差別，例如：「小学（しょうがく）／昇格（しょうかく）」、「世紀（せいき）／正義（せいぎ）」、「空前（くうぜん）／偶然（ぐうぜん）」等字彙，當中的「無氣清音」和「濁音」，我們都能夠清楚分辨。但是，也有一些濁音，是台語中所沒有的。

台語中沒有的濁音，就是「だ・で・ど」三項，台灣人

可以分辨其他濁音的發音，但是只有這三項濁音，我們幾乎完全聽不出來。例如：「じてんしゃ／じでんしゃ」、「うどん／うとん」、「はんだい／はんたい」這些日文單字發音，在我們聽起來，是沒有分別的。

　　為什麼台語中沒有這三項濁音呢？我們可以很簡單地解釋給你聽。台語中有許多詞彙是從日文來的，例如：「オートバイ」、「スリッパ」等，但是因為台語中沒有「だ・で・ど」這三項發音，因此烏龍麵「うどん」的台語說法變成「うろん」、關東煮「おでん」的台語說法變成「おれん」，以「ろ・れ」的發音取代原本日文中的「ど・で」的發音。

　　另外，我們在說「～ください」的時候，會覺得中間的「だ」特別難以發音，經常會唸成「くらさい」，這也是因為台語中沒有「だ」的音，使得我們傾向使用「ら」來代替「だ」的發音。唸唸看，「くらさい」是不是比「ください」更容易發音呢？

　　因此，在濁音的學習上，如果你會中文、同時又會台語，那麼其實特別注意「だ・で・ど」這三項濁音即可，注意和「だ・で・ど」相關的單字、句型、發音，那麼在濁音方面就不會有什麼大問題了。其他的濁音發音，運用我們與生俱來的台語語感和聽力，就可以輕鬆克服。

解決方法6：練習濁音發音「だ・で・ど」

台語中沒有「だ・で・ど」的發音
因此要特別進行練習

うどん ⇨ 烏龍麵，台語會唸成「うろん」

おでん ⇨ 關東煮，台語會唸成「おれん」

～ください ⇨ 請……，
台灣人很容易唸成「くらさい」

【本回任務】做到請打✔

☐ 了解台語當中類似濁音的發音

☐ 以台語發音來實際體會日文濁音的發音方式

☐ 理解台語中沒有「だ・で・ど」的發音

☐ 實際練習日文「だ・で・ど」的發音：ください、
おでん、うどん

⑦ 使用緩衝語句，防止腦袋一片空白

　　當我們以日文進行會話時，難免會遇到不知道該說什麼、腦袋一片空白的情況，這時我們該怎麼辦呢？勉強擠出一些話來講，還是索性僵在那邊，等待對方主動接話呢？

　　都不對。如果這時腦袋明明一片空白、無法思考了，還硬是繼續說話的話，通常會說出失禮、不得體、或是有文法錯誤的三腳貓句子。不過，也不能就這樣停住不動，讓對方盯著你發呆，這種情形也同樣令人尷尬。這時最好的做法，就是使用一些「緩衝語句」來爭取時間，等到腦袋恢復運轉後，再繼續進行談話。

例：
えっと……
そうですね……
それは……
まあ、それはそうですが……
うん……
それは確かに……
あの……
ええ、まあ……

　　這些語句其實沒有什麼具體意思，只是為了填補當場的空白時間，避免彼此都無話可說、使得氣氛尷尬，同時為自己多爭取一些時間，思考接下來該說什麼話，才會使用這些

「緩衝語句」。

　　使用這些緩衝語句最為頻繁的，就是我們日文口譯了。在進行口譯的時候，經常會出現不知道如何適當翻譯、一時為之語塞的情形，比如日方人員講了一句日本諺語，然後台灣這裡又引用中國典籍做為回報，這時就必須很有技巧地為自己爭取時間，否則再怎麼屬害的口譯者，都不可能反射性地直接翻譯這些深難的文言文。遇到這種情形，我們通常會說：「そうですね……えっと……それは日本の諺で……大体の意味は……」以這樣的形式來爭取時間思考，然後再針對諺語或典籍的意思進行大致上的翻譯。如果當場什麼話都不說，僅在那裡，讓場面冷掉，對於一位口譯者來說是不及格的。

　　使用這些緩衝用的語句，能夠在自己腦筋一片空白、不知道該說什麼的時候，爭取一些時間，讓自己可以思考接下來要說什麼，以避免情急之下說出不得體或語意不通的話，同時也能降低結巴、吃螺絲等等情形，避免發音錯誤鬧出笑話，這是很重要的技巧。

【本回任務】做到請打✔

☐　了解什麼是「緩衝語句」

☐　記住本回提到的許多「緩衝語句」

☐　了解其在會話時帶來的好處：爭取思考時間

解決方法 7：
使用緩衝語句，防止腦袋一片空白

「緩衝語句」本身沒有實質意思
功能是幫助我們爭取思考時間

例：

えっと……

そうですね……

それは……

まあ、それはそうですが……

うん……

それは確かに……

あの……

ええ、まあ……

類似中文「呃、那個、也是啦」等等意思

⑧ 錄下自己的聲音聽聽看

　　以手機或電腦錄下自己的聲音，之後再播放給自己聽，方法很簡單，但是威力非常強大，如果你一直為自己的發音所苦惱，不知道如何矯正的話，建議你使用這個方法，短時間內，發音就會獲得改善。

　　還記得我們說過，中文是世界上發音最複雜的語言之一嗎？中文有許多差別非常微小的發音，不過由於中文是我們的母語，因此我們天生就擁有超強的聽力，能夠分辨這些細微的差異，例如：「統治／同志」、「努力／奴隸」等，即使這些發音在外國人聽起來根本完全沒有差別。

　　再者，大部分人除了國語之外，也通曉台語，台語中有許多國語沒有的發音，例如先前提到的濁音發音。如果你會台語，就可以輕易分辨「せいき／せいぎ」、「くうぜん／ぐうぜん」當中不同的清音和濁音發音，就像切豆腐一樣輕鬆。因此，我們不但由於中文的關係，原本就擁有不錯的聽力，甚至還有台語的加持，使我們的聽力更好。其實客觀來說，台灣人的聽力普遍來說是非常好的，我們學習外語的速度，往往比其他國家的人快上許多。

　　那麼，既然我們擁有這麼好的聽力，該如何有效活用呢？很簡單，我們可以使用與生俱來的優秀聽力來矯正自己的發音，不過，必須先用手機或電腦錄下來才有效果。我們在講話的時候，自己可以聽到自己的聲音，不過那其實是直接從喉部傳導到耳朵的聲音，和別人耳朵中所聽到的自己聲音，是完全不一樣的──別人耳朵中所聽到的，才是你真正

的聲音。

　　許多人在錄音完聽到自己的聲音後，都非常驚訝，覺得自己的聲音怎麼跟想像中的差那麼多。你耳朵所聽到的自己聲音，其實並非你真正的聲音，從手機裡播放出來的，以及別人耳中聽到的，才是你真正的聲音。因此，如果我們想以自己的聽力來矯正自己的發音，首先你必須將聲音錄下來，再去聽自己錄的聲音，如此才顯得客觀。

　　整體流程是這樣的，首先你錄了音，然後你聽了自己的錄音，剛開始會覺得不好意思，不過反正也沒有別人聽到，過一下子就會習慣了。

　　然後你會開始發現，為什麼自己的發音這麼糟糕？這裡太急促、這裡長音沒有發好、這個字發音不清楚、這句話的重音怪怪的，發現一堆問題，同時好奇為什麼平時說話時都沒有發現，然後你下次說話時，就會特別注意這些部分。

　　平時說話時沒發現自己的發音問題，其實是很正常的事，如果沒有實際錄音，光憑自己的感覺，是很難找出問題點的。

　　剛才說過，說話時我們從耳朵裡聽到的自己聲音，和別人所聽到的，是完全不同的，後者才是你真正的聲音。感謝老天，我們天生就具有優秀的聽力，因此能夠自己錄音給自己聽，自己抓出發音有待加強的地方，自行補強，全程自我監控。比起讓別人聽到自己的錄音，自己聽自己的錄音，顯得自在多了。

　　先前電視上報導了一個號稱十分有效的減肥法，方法

很簡單，就是每天早晚定時測量自己的體重，記錄在紙上，如此而已。雖然目的不同，不過想必也是使用了相同的方法吧！

【本回任務】做到請打✔

☐ 了解改善發音的最快捷徑，就是錄自己的聲音聽聽看
☐ 用手機實際錄一小段自己的日文發音（30 秒左右）
☐ 了解最困難的部份不是錄音、而是要鼓起勇氣聆聽自己的錄音（笑）

解決方法 8：錄下自己的聲音聽聽看

以手機或電腦錄下自己的聲音
之後再播放給自己聽

➡ 利用我們與生俱來的聽力天賦
來矯正自己的發音

➡ 最難的部分：
克服不敢聽自己聲音的心理

解決日文發音問題的八項方法

 1 練習容易錯誤的五十音發音和常見重音

 2 使用常見且熟悉的字彙文法

 3 說話時速度放慢、聲音放大

 4 以鼻腔共鳴發聲

 5 有意識地拉長長音和促音的發音

 6 練習濁音發音「だ・で・ど」

 7 使用緩衝語句，防止腦袋一片空白

 8 錄下自己的聲音聽聽看

24 小時待命的
發音訓練老師：Siri

　　我們前面花了很多篇幅告訴大家「台灣人常見的發音問題」以及「解決發音問題的方法」，不過，想必你心裡還會有個疑問：

　　當我們學習日文一段時間，以各種方法努力精進發音技巧、改正發音問題後，該如何真正確定我們說出的日文夠標準、日本人真的能夠聽懂呢？該如何確切知道自己的日文是「日本人一聽就懂的日文」還是「日本人聽不太懂的日文」呢？

　　這時需要一位客觀的第三者（最好是以日文為母語的人）協助，聆聽我們唸出的日文語句，然後直接了當告訴我們：「你的發音 OK，沒問題！」或是：「你的發音不太行，別人聽不懂。」但是，說起來簡單、實行起來並不容易。

① 方法一：錄音給日本朋友聽，請日本朋友糾正發音
　　你得要有一位關係夠好、好到能夠毫不留情指正你發音的日本朋友，難度不低。

② 方法二：請求專業日文老師的協助

　　提供這類專業服務的老師不多，加上若是要一對一指導，費用會很可觀。

③ 方法三：錄音放在 Facebook 學習社團，請網友幫忙聆聽發音

　　這需要莫大的勇氣，要有心理準備接受批評和酸民們的閒言閒語，自信心可能會受到影響、讓學習意願降低。

　　但是你也別過於擔心，其實我們身邊就有一位優秀的發音老師，以日文為母語、24 小時待命、不用額外花錢，並且絕對會毫不留情指正你的日語發音，這位老師就是「Siri」。

　　大家應該不陌生，「Siri」是 iOS 系統手機的語音助理，可以用語音方式和它對話，請它幫忙查天氣、找餐廳、確認行事曆等等。其實也不一定要用「Siri」，使用其他系統智慧型手機的語音助理也可以。

　　讓語音助理「Siri」成為發音訓練老師的方法如下：

① 將「Siri」的語言設定為「日本語」
② 開啟「Siri」，隨意唸一句日文
③ 如果「Siri」成功辨識出你所說的日文語句，而且辨識結果和你所說的相同，那麼你的日文就是日本人聽得懂、很 OK 的日文
④ 若是「Siri」無法辨識，聽不懂你說的話，那麼代表

絕大多數的日本人，可能也聽不太懂你的日文，要再加油練習

【實際範例】

唸這句日文：ちょっと休憩（きゅうけい）しましょう！
中譯：我們稍微休息一下吧！

唸這句日文：鈴木（すずき）は席（せき）を外（はず）しております。
中譯：鈴木目前不在座位上。

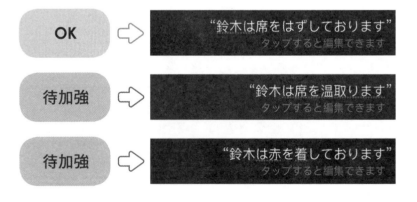

唸這句日文：授^{じゅぎょう}業の後^{あと}、一^{いっしょ}緒に映^{えいが}画に行^いきません
か？

中譯：下課後，要不要一起去看電影？

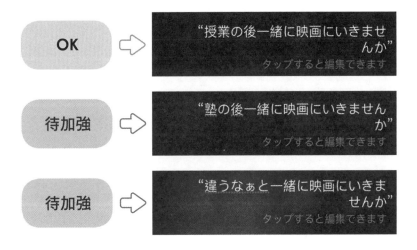

聽起來很刺激吧，「Siri」聽得懂、你的日文發音就算合格，「Siri」聽不懂、你的日文發音就不及格。

道理其實不難理解，如果專門為日本人設計的語音助理系統無法辨識我們說出的日文，那就表示我們的日文發音和聲調，和以日文為母語的日本人有一段差距，我們說出來的日文，日本人很有可能會聽不太懂。相同道理，如果連語音助理都聽得懂我們說出的日文，那麼想必和日本人溝通也不會有太大的問題。

現在就拿起手機，實際測試看看吧！

☐ 開啟手機語音助理，實際説一句日文給它聽，看是否
　能夠成功辨識你所説的話

05
Chapter

會話能力訓練方法
——知識篇

51 外語能力無法進步的主因： 使用頻率過低

> 知道路怎麼走，跟實際走過一遍，是不一樣的。
>
> ——莫斐斯（Morpheus），
>
> 《駭客任務》（The Matrix）電影角色

造成我們「看得懂」卻「聽不懂」、「說不出來」的第二項原因，就是「使用頻率過低」。

簡單來說，就是使用日文的次數太少了，不足以讓我們熟悉日文中的文法和字彙，因而造成聽力和口語能力遲遲無法進步。

沒有用當然就會生疏，這個道理不用多說、連小學生都知道，不用我們多講、你也一定知道，因此，我們的重點將放在：

① 是否實際使用日文，對日文能力的影響遠大於你的預期。
② 日文口譯者所實行的訓練方法，以及如何有效率地使用日文。
③ 各種實用的非語言溝通技巧。

　　首先，在本章中我們要告訴你，是否實際使用日文，會大大影響日文能力的進步速度，也會影響記憶力、聽力、口語表達等等語言能力。

　　學語言可不只是「久沒用會生疏」這麼簡單，如果你學了日文後，沒有機會實際用出來，那麼你的日文能力可能只會停留在看看課本文章的程度，無法向上提升。別說要應用在會話方面，就連聽懂別人的談話，都是一件非常困難的事，更別說要「以語言享受生活」了。

　　其次，我們要告訴你，如何在沒有日文語言環境的情況下，有效率地使用日文。當然，如果各方面的條件許可，直接在日本住個一年半載，絕對是使日文進步的快速方法之一，但是現實生活中，由於各種條件限制，其實很難隨心所欲地出國學習，例如要兼顧課業的學生、工作繁忙的上班族、必須照顧小孩的家庭主婦等等。因此，我們將提供各式各樣「即使不出國，也能有效率使用日文」的方法來幫助大家。

　　以我自己為例，我從來沒有出國留學過，在日本待過的最長時間不超過二星期，但是即使我人在台灣，同樣能經由各種方法來訓練日文能力，最後甚至成為專業的日文口譯。這些方法我們都親自實驗過、絕對有效。這些訓練方法對許多人有用，相信也一定能夠幫助你。

　　最後，我們彙整了許多實用的「非語言溝通技巧」，在商務場合、出差留學、旅行遊玩等等場合都很重要，請花個五分鐘時間好好閱讀一下吧！

外語能力無法進步的主因：
使用頻率過低

1 是否實際使用日文
對日文能力的影響遠大於你的預期

2 口譯者所實行的訓練方法
如何有效率地使用日文

3 各種實用的非語言溝通技巧

【本回任務】做到請打✔

☐ 了解口語能力無法進步的第二項原因：使用頻率太
低。簡單來說，就是太少用了！

「實際使用」的重要性！

> 不犯錯的最好方法，就是愈早犯錯。如此一來，就
> 不會再犯相同的錯誤。
>
> ──商界諺語

回到主題，既然我們說「使用頻率過低」是造成「看得懂但是聽不懂、說不出來」的原因之一，那麼「實際使用」真的能夠提升語言能力，提升我們的聽力和口語能力嗎？

實際使用外語的重要性，除了可以幫助記憶之外，還有有以下二點：

① 創造自己的詞彙庫。
② 實際使用，有助於更正錯誤。

① 創造自己的詞彙庫

日常生活中的常用字彙約 1500 ～ 2000 字，但是每個人經常使用的字彙都有差異，你必須透過實際使用，了解自己經常使用哪些單字、不常使用哪些單字，才能創造自己獨特的詞彙庫，熟悉常用的詞彙，使得口語能力更加流暢。

同樣的道理也可以用在記憶文法句型上，每個人常用的

句型種類也各不相同，我們可以透過實際使用，篩選出生活中最常使用的句型，加進詞彙庫中。經由練習這些句型，使得我們能夠更順暢地表達自己的想法，進而提升口語溝通能力。

【實例】

當我在日本自助旅行的時候，最常使用的句型就是「～お願いします」，許多情況下，使用這句話就能充分表達意思。例如：

* 在旅館登記住房時說：「チェックインをお願いします。」
* 晚上回到旅館，向櫃台領取鑰匙時說：「カギをお願いします。」
* 餐廳點菜時，指著菜單說：「これをお願いします。」
* 吃完飯付帳時說：「お会計をお願いします。」
* 買車票時說：「○○駅までの切符をお願いします。」
* 搭計程車回飯店時，也可以說：「○○ホテルまでお願いします。」

總而言之，許許多多的場合，都可以用這個句型來應對，而不致於遇到太多困擾。

因此，如果你經常出國旅行，「お願いします」這個用法，就應該登錄在你的「詞彙庫」當中，而你也必須找出其他像是這樣會時常使用的單字和句型，讓你在會話溝通上更

方便、更有效率。

但是，假如你從來沒有去過日本，那麼你也不知道會頻繁使用「お願いします」這項用法。相同道理，如果你沒有實際使用日文，那麼你也不會知道哪些字彙句型是常用的、而哪些又是不常用的，無法將常用字彙句型登錄至自己的詞彙庫、使口語表達更為流暢，變成每次開口時，都要回憶課本上教的文法，花許多時間思考該用什麼方式表達比較好。

相反地，如果你實際使用過，知道哪些句型、哪些單字會一直用到，下次遇到相同情形時，只要套用相同的用法就好，就像「お願いします」一樣，非常省事。

實際使用學到的東西，可以幫助我們創造自己的詞彙庫，使我們熟練經常用到的字彙和文法句型、大幅提升口語能力，清楚表達自己的意見和想法。

可以將詞彙庫想像成一個方便的工具箱，每當我們遇到需要開口說日文的時候，就可以從工具箱中挑選適合的工具，應付眼前的狀況。隨著工具箱中的工具愈來愈多，我們的生活也會愈來愈方便，而隨著使用次數的增加，我們使用工具也會愈來愈熟練。

創造自己的詞彙庫

生活常用字彙約 1500 ～ 2000 字
但是每個人經常使用的字彙都不太一樣

日商公司 ⇨ 常會用到商業敬語和書信用語

旅遊 ⇨ 要熟悉住宿、交通、購物等相關字彙

口譯 ⇨ 必須熟悉日文和中文的慣用語和諺語

科技 ⇨ 會接觸到各式各樣的資訊專有名詞

💡 實際使用出來，才知道自己會常用到哪些字彙，
也才有辦法創造自己的詞彙庫，加強會話能力

② 實際使用，有助於更正錯誤

我們畢竟是外國人，在使用外語進行會話溝通的時候，一定多多少少會有用字遣詞不自然、文法不通順的情況發生，這時若有人能夠指正我們，那麼將會對我們相當有幫助，使我們不再犯相同的錯，語言能力更為精進。

但是，如果光是自己窩在房間裡看書而沒有實際使用出來的話，那麼即使有不自然或錯誤的地方，也會難以發現，使得錯誤的文法或單字用法一直陪伴著我們。

別人的指正，之所以可以幫助我們改正錯誤，其中一項原因，是因為被別人指正這件事情很丟臉，因為丟臉，所以讓人印象深刻，下次不會再犯同樣的錯。

【實例】

在我學習日文的時間還不算長的時候，有一次在日劇當中，我看到男主角和男主角的朋友們，都習慣自稱為「俺（おれ）」，在說到自己的事情時，都會說「俺は～」、「俺さ～」。

在日文課中，當老師問我：「名前は何ですか。」我便回答：「俺は朱です。」結果老師的臉色變得十分古怪，後來甚至哈哈大笑，讓我摸不著頭緒。下課後，老師悄悄告訴我，「俺」是比較隨興、豪邁的用法，但是也比較粗魯，不可以在和老師說話時使用，意思有點類似中文的「本大爺」。我聽到之後非常不好意思，面紅耳赤，甚至紅到脖子上，於是立刻更正自己的用法。由於實在是太丟臉了，讓我

想忘也忘不掉，之後的課堂上，我就再也沒有犯過類似的錯誤了。

有人問我們，如何在說日文的時候不會犯錯呢？我們會回答，想要不犯錯，最好的方法就是趕快犯錯。

如果你今天說了一句不自然的日文，受到別人的指正，那麼你就不會再犯相同的錯了。現在犯的錯誤愈多、愈快改進，以後犯的錯誤就會愈少。今天被老師指出錯誤，總比日後上台演講時，被台下觀眾當場不留情面地指正還好吧？我們愈是頻繁使用日文進行會話，就會有更多機會發現我們錯誤的地方，改進之後，表達能力和口語能力就能獲得大幅度提升。

因此，實際使用有助於更正我們的錯誤，讓我們擁有更精準的語言能力，更能夠以外語精確無誤地表達自己的意思。

實際使用有助於更正錯誤

例：私（わたし）、俺（おれ）

⇨ 上課自我介紹時被老師指正
「俺」是較豪邁隨興的用法
較不宜在課堂上和對師長使用

例：袋（ふくろ）、お袋（おふくろ）

⇨ 在便利商店跟店員要袋子
說「お袋をください」結果對方大笑
後來店員告訴我
「お袋」是「媽媽」的意思
這時要說「袋をください」才對

為什麼「實際使用」這麼重要？

1 使用愈多次、就愈記得住，能夠有效幫助記憶字彙和文法句型

2 創造自己的詞彙庫

3 實際使用，有助於更正錯誤

【本回任務】做到請打✔

☐ 了解「實際使用」可以幫助記憶

☐ 了解「實際使用」能夠創造自己專屬的詞彙庫，提升會話能力

☐ 了解「實際使用」可以有效改善自己的錯誤日文

06
Chapter

會話能力訓練方法
——實戰篇

日文口譯實行的
九項高效率訓練方法

できない理由を考える前に、できる方法を考えてくれ。
（在思考無法做到的理由之前，先思考如何才能成功做
到。）

——市川清，日本三愛會 (リコー三愛グループ) 創辦人

　　接下來，我們將介紹「增加使用頻率」的方法，運用這
些方法，可以讓我們有很多機會使用學過的文法、句型、字
彙，使我們對於日文更為熟練，使得聽力和口語能力獲得加
強。

　　這些方法，同時也是我本人從事口譯工作時進行的訓練
方法。在日常生活中使用日文聊天時，我甚至可以將日文運
用地如同中文一樣流暢，想到什麼就能說什麼。我相信，經
由以下方法，任何人都可以達到相同水準。別忘了，我曾經
患有嚴重口吃，如果連我都辦得到，那麼各位一定不會有問
題。這些方法如下：

① 自言自語
② 腦中預演
③ 錄音日記
④ 使用最簡單的字句
⑤ 活用有聲教材
⑥ 無字幕影片
⑦ 想像聲音往前穿透
⑧ 積極參與讀書會、研討會
⑨ 使用各種便利的網路服務

① 自言自語

沒錯，你沒有看錯，就是自言自語！顧名思義，就是「自己說話給自己聽」。

一個人的時候，例如開車、洗澡、自己一個人在房間的時候，隨興地使用學過的日文說話，想說什麼都可以，可以模仿電影台詞、唱日文歌、抒發心情、或是抱怨鄰居太吵等等。這樣自言自語的方式，能夠大幅度增加我們說日文、使用日文的機會，使我們更為熟悉日文句型、掌握更精確的日文發音、以及擁有更快的反應速度，在和他人談話聊天時，不用細想就能夠自然說出流暢的日文。

為什麼自言自語會是訓練日文的好方法呢？有以下二項原因：

＊自言自語是最自然的說話環境

自言自語，是最自然的說話環境，什麼話都可以說，不會緊張、不會不安、不用擔心弄錯文法、不用注意用字遣詞、不必在意被其他人聽到、不必在意別人的觀感、說不好也不怕丟臉，沒有任何外在因素會影響你的心情。

自言自語可以讓你發揮原有的實力，你不會因為緊張而聲音發抖、不會結巴吃螺絲、不會突然腦筋一片空白，不知道要說什麼話——不知道要說什麼話的時候，只要隨便亂說就好了，反正不會有人聽到。

簡單來說，這是練習會話、練習發音時最自然的環境。

許多人會尋找「語言交換」來訓練會話能力。所謂「語言交換」，指的是當你學習日文時，尋找另一位學習中文的日本人，然後像家教一樣，第一個小時我們用中文聊天，第二個小時我們用日文聊天，這樣我可以練習到日文，對方也可以練習中文，和家教不同的地方在於「語言交換」不用花錢。通常透過網路論壇、BBS、或是大學佈告欄上的公告，就能找到許多相關的資訊。

「語言交換」很適合用來拓展人脈、認識新朋友，但是如果以學習外語、練習外語會話的觀點來看，是有一點美中不足的。

通常進行「語言交換」的雙方，會約好特定時間，在速食店或咖啡廳中見面，二個人坐下來之後，就必須開始想話題。用中文對話的時候，台灣人必須丟出許多話題來講，否則容易會冷場，而使用日文對話的時候，換日本人必須想很

多話題來消耗時間，一旦沒有話題，二個人就會僵在那邊對望，是非常尷尬的事情。

再者，二個人坐下來面對面說話，很容易會因為緊張而發揮不出原有的實力，一下子吃螺絲、一下子用錯文法，在情緒緊繃的情況下，也很容易腦袋一片空白，不知道該如何接話，只能「嗯嗯嗯」不停附和對方。

如此一來，不但練習不到什麼會話，而且最後二個人都會很累，通常這樣的「語言交換」只能維持少數幾次的時間，之後通常雙方都會發現這是個吃力不討好的方法，因而宣告解散。

其實，如果要學日文又要交朋友的話，只要帶日本朋友出去玩就好了，不但有趣、也不用怕沒話題冷場，只不過沒辦法天天都出去玩，因此也不是天天都有機會練習日文。

自言自語、自己說話自己聽的時候，就沒有類似的問題了。不會緊張、也不用怕沒有話題，只要講出任何自己想講的話就可以。比起二人對坐相望無言，自言自語反而可以練習到更多的會話、練習更多的日文發音。

總而言之，自言自語是練習發音、會話時最自然的環境。沒有任何外在因素干擾、不用在意任何人、也不必怕文法字彙用錯，只要純粹張口說話就可以了。

＊自言自語不受時空限制

其次，自言自語不受時間和空間的限制，當你一個人的時候，就可以用自言自語的方式練習。

以我本人來說，通常在開車、洗澡、排隊、散步、睡前等等時間，會用英文或日文自言自語，講一些只有自己聽得懂的話，例如：「啊！肚子好餓啊，今晚吃咖哩好了！」「真是的，怎麼排那麼久？到底什麼時候才會輪到我！」「呼，今天真是累人，還好及時將稿子交出去了，否則會被編輯砍頭。」等等，很隨興也很自由，我想什麼時候說就什麼時候說，什麼時候練習就什麼時候練習，一天二十四小時，隨時都可以練習會話、練習發音，不必受到時間和場地的限制。

我們在上日文會話課的時候，也有很多機會可以說日文，在會話課中可以訓練自己的會話和發音能力，前提是課程的時間要長一點。

一週一次的會話課，練習時間太少，效果很有限，最好是一天有二次會話課，如此一來就有充分的時間練習，不過錢包會先陣亡。比起一星期一次、一次二小時的會話課，我們散步、洗澡時的自言自語時間，都比上課時間還來得長，既能夠練習到更多的日文，同時不必千里迢迢跑到補習班教室，不受地點限制。

有些人會問，那麼我自言自語時，怎麼知道自己什麼地方文法錯誤、什麼地方用字遣詞有問題呢？沒錯，你不會知道，也沒有必要知道。自言自語的目的，在於讓我們多多使用日文、多多練習日文、多多練習發音，提升對於日文的熟悉度，使你記住常用的單字、常用的句型、以及習慣說日文的感覺，使你之後在使用日文進行會話的時候，能夠自然而

然地──就像在對自己說話一般──以流暢的速度說出完整的日文句子。

　　至於文法和用字遣詞問題，只要你時常和別人說日文，自然會有人糾正你，可以讓你從中學習正確用法，因此其實沒有必要特別鑽牛角尖花時間自己挑自己的錯誤。

　　這麼說吧，自言自語並沒有那麼怪異，我們考試前背誦英文單字時，是不是會用嘴巴複誦單字很多次、以幫助自己快點記起來？當你明天要上台演講時，是不是會在房間中走來走去，練習明天的講稿？這都是自言自語的一種。我們平時就有自言自語的習慣，只是自己不知道而已。多唸幾次單字，能夠記得更快，多唸幾次講稿，演講也會更順利，同樣的道理，當你用自言自語的方式多唸一些日文，累積了充足的練習時間後，理所當然你的發音和會話能力就會有大幅度的進步。

　　許多人問我是不是曾經在日本留學、或是有日本親戚，我都不好意思說，我沒有留學、沒有日本親戚，只是習慣在一個人的時候自言自語而已（笑）。

訓練方法 1：自言自語

就是「自己說話給自己聽」
一個人的時候
隨興使用學過的日文講話

⇨ 自言自語是最自然的說話環境

⇨ 自言自語不受時空限制

💡大幅度增加說日文和使用日文的機會
提升反應速度，在和他人談話聊天時
不用細想就能自然說出流暢的日文

【本回任務】做到請打✔

☐ 了解「自言自語」訓練方法的好處

☐ 實際在一個人的時候用日文自言自語（開車、洗澡、
上廁所、睡前等等）。根據經驗，最容易說出口的是
「發牢騷」，例如「今日は本当に疲れた～」

☐ 儘可能使用最近學到的文法句型。例如學到「動詞た
い形」時，可以使用「北海道に行きたいな、明日の昼
ごはんは刺身を食べたいな」等等語句

② 腦中預演

說話之前先在腦海中預演，先想一下自己要說什麼，之後再開口，這麼做可以讓發音和會話能力進步神速。

說話之前還必須先在腦袋中思考等一下要說什麼，聽起來似乎有點笨，不過這麼做有許多好處：

＊ 降低文法錯誤的機率。
＊ 防止腦袋一片空白。
＊ 大幅增加練習發音和會話的機會。

首先，先想好要說什麼再開口，能夠大幅降低文法錯誤的機率。台灣人在日文會話時，會犯一些常見的文法錯誤，典型的錯誤有「い形容詞＋の＋名詞」，像是「白いの花」、「おいしいのご飯」等錯誤用法，以及「彼はあそこにあります」之類的文法錯誤，雖然都是很基礎的文法，但是沒有做好心理準備、臨時開口的時候，就很容易因為緊張，犯下這種幼稚園等級的錯誤。

如果先想好自己要說什麼，不但開口時不會緊張，也會大大增加會話的流暢度和正確度。

其次，可以防止腦袋一片空白、不知道要說什麼的情況發生。如果平時沒有頻繁使用日文的機會，那麼當我們遇到緊急情況、突然需要以日文進行會話的時候，一般來說都會手足無措，到了臨時要開口的時候，腦袋一片空白，「啊啊啊……」半天，卻連一句完整的話都說不出來。

為了避免這種情形發生，我們可以事前在腦中打好草稿，想好自己等一下要說什麼、要使用什麼樣的文法和字彙、要在什麼時間點開口等等，事先進行一場「預演」。儘管會花一些時間，但是對於會話溝通非常有幫助，等到實際開口說話時，就不會緊張害怕，可以從容地將自己的意見清楚說出來。

　　最後，也是最重要的一點，說話前先在腦中「預演」，能夠大幅增加我們練習發音和會話的次數，有助於快速提升發音和會話能力。為什麼呢？因為當我們在腦中反覆思考，思考該使用什麼樣的文法和字彙來說話的時候，等於是無形之中在腦海裡練習會話。

　　比起和別人說一句話，如果在說話之前，先自己在腦中演練三次，那麼等於是練習了三倍分量的會話，日積月累，你的會話練習量比別人多出數倍，理所當然你的發音和口語能力，也會比別人好上不少。

【實例】

　　舉例來說，我想打電話給日本朋友，說如果明天下雨的話就不去看電影，但是沒有把握可以說得完整無誤，於是我開始在腦海中預演：「下雨的話就不去，應該是使用假設用法吧！我學過的假設用法有『たら』、『なら』，印象中『なら』是接『建議事項』，比較不適合，因此這裡應該是用『たら』，說成『雨が降ったら行かない』吧？」經過一番思考後，我得出使用「雨が降ったら行かない」的結論。

　　比起當場隨便講，這種花費時間思考過後的日文，正確率會較高，而且這樣的思考過程，等於是一種變相的複習工作和會話練習。即使實際上只說了一句話，但是思考過程中所進行的練習分量卻是好幾倍，長久下來，會話能力自然會比一般人好，這是理所當然的事情。

　　那麼，每次都要先想怎麼講，這樣不是很花時間嗎？難道我以後講每一句話之前，都要在腦袋中先預演一次嗎？

　　是的，剛開始的時候，的確要花上一些時間，思考該使用什麼樣的文法和字彙較恰當，而使得會話速度變得比較慢。不過，只有一開始會發生這種情況。

　　我們生活中常常使用的句型和用法相當固定，這一次你花時間思考之後，下一次若是想講相同的話，就不需要再經過思考，而能反射性地說出來了。例如，當我在電車上踩到別人的腳，幾經思考之後，決定向對方說「すみません」，那麼當你下次再踩到別人的腳，想都不用想，就知道要說「すみません」了。

　　而且，這種腦中預演所花費的時間，也會隨著熟練度而愈來愈少。像日文口譯在現場翻譯的時候，基本上就是一種腦中預演的過程，必須將中文輸入腦中，思考該用什麼樣的日文表示，或是將日文輸入腦中，思考要用什麼樣的中文表示。

　　但是由於口譯者已經很熟練這種「事先在腦中思考」的流程，因此能夠花很少的時間，將中文翻譯成日文、再將日文翻譯成中文。其實只要熟練「腦中預演」的方式之後，任

何人都能夠辦到這一點。

　　就結論而言，說話之前先在腦海中預演，想一下自己要說什麼後再開口，增加會話的練習量，可以讓發音和會話能力進步神速。

【本回任務】做到請打✔

☐ 了解「先在腦海進行預演」的三項好處
☐ 在和日本朋友、客戶談話、或是到日本旅行時，說話前先試著在腦海中預演一下稍後要說的語句
☐ 在時間足夠、從容不迫的時候實行即可。若是緊急情況或是沒有太多時間的時候，可別讓對方等太久

訓練方法 2：腦中預演

說話之前先在腦海中預演
先想一下自己要說什麼
之後再開口

➯ 降低文法錯誤的機率

➯ 防止腦袋一片空白

➯ 大幅增加練習發音和會話的機會

💡 比別人多出數倍的練習量
讓發音和會話能力
更快熟練、進步更快

③ 錄音日記

錄音日記，顧名思義，就是使用手機錄音的方式來寫日記。錄完音之後自己聽，聽完之後再錄音，這項方法可以有效改善自己的發音，使自己的發音愈來愈標準，也可以同時訓練自己的會話能力。大概只要一個月，你說出的日文就會聽起來完全不一樣。

關於「自己錄音自己聽」的功用，已經在「解決日文發音問題的八項方法」中詳細介紹過，我們可以活用與生俱來的優秀聽力，來矯正發音，達到「自我學習」的目的。或者也可以說成是「自我進化」的過程，只要聆聽自己的聲音，就可以知道什麼地方不足、進行改正，使得發音能力愈來愈好。

使用「日記」的形式，則是為了讓這樣的過程持之以恆，每天都能夠練習。有些人會煩惱不知道該如何寫日記，在此提供一個實用方法，保證每天都可以寫出一定字數的日記：可以先設定一種固定的日記格式，然後每天將當天實際發生的事情填進去就可以了。

【實例一】

例如，可以將日記格式設定為以下的形式，然後每天照這個格式去寫、去錄音就可以了，輕鬆又快樂。

今日は＿＿。＿と＿をした。一番印象に残ったのは＿＿＿。＿＿は面白かった。朝＿＿。昼＿＿。

夜＿＿。では、また明日。

例：

今日は久しぶりの休みだ。ジョギングとテレビゲームをした。友達と食事をした。一番印象に残ったのは、晩ごはんの刺身だ。友人の話は面白かった。朝、10時まで寝た。昼、テレビゲームを一時間した。夜、いっぱい食べた。では、また明日。

中譯：

今天是久違的休假，我去慢跑和打電動，還有和朋友吃飯。印象最深刻的是晚餐的生魚片。朋友的閒聊很有趣。早上睡到十點，中午玩了一小時電動，晚上吃了很多。就這樣，明天見。

錄完之後聽一次，你或許會發現自己有很多地方唸得不好，沒關係，不用重錄，反正明天還有機會錄音。如此重覆二星期的時間，就會感覺自己的發音變流暢，一個月後，就會有明顯的改變。

【實例二】

我在2010年初成立「音速日語」網站時，曾經自錄了一

則長度約七分鐘的日文版簡短自我介紹，放在網站上讓大家點閱，我那時深深體會到「自己錄音自己聽」的重要性。由於長期從事日文口譯的關係，我對於自己的會話能力和發音精準度很有信心，雖然不是十全十美，但是至今仍然沒有人說過聽不懂我的日文，因此第一次錄製自我介紹的時候，一下子就錄完了，還沾沾自喜覺得自己的發音真是完美，完全沒有結巴或重音錯誤的情形。但是，當我用耳機再聽一次自己的錄音時，馬上就改變想法——必須重錄一次。

　　透過錄音來聽自己的聲音，便能夠客觀聽到許多錯誤，由於自我介紹是放在網站上，讓上千人、上萬人自由點閱收聽的，因此連一丁點的發音錯誤都不能有，否則一下子就會被網友找出來。我聽了自己的發音之後，發現有某些地方速度太快、某些地方發音不夠清楚、某些地方的長音和促音不見、某些地方停頓的時間點很奇怪等等一堆問題，於是只好重新錄音。錄音之後再聽，還是不滿意、再重錄一次，前前後後一共錄了好幾次，花了一個多小時，才錄完時間長度僅僅七分鐘的日文自我介紹。「自己錄音自己聽」就是有這麼神奇的功能。

　　使用錄音日記的方式，每天持續聽自己的聲音、並且持續進行改善發音，是讓發音進步的好方法。每天錄音，也可以練習日文會話，使得口語能力更為流暢。

訓練方法 3：錄音日記

使用手機錄音的方式來寫日記
錄完音之後自己再聽一次
每天固定同一時間進行錄音

⇨ 固定時間錄音、較容易持之以恆

⇨ 不會花太多時間

⇨ 善用自己的聽力天賦自我訓練

💡 使用錄音日記的方式，每天持續聽自己的聲音
是增加會話量、讓發音進步的好方法

【本回任務】做到請打✔

☐ 使用手機錄音功能，錄一到三分鐘的聲音日記
☐ 最好每天固定時間錄音，較容易持之以恆
☐ 錄完後一定要自己聽一次（這是最重要也最困難的部份，很多人沒有勇氣聽自己的錄音）
☐ 若不知道該錄什麼內容，可以仿照文中的範例，先寫好簡單文字稿

④ 使用最簡單的字句

這項概念我們之前提過，但是實在太重要了，請大家再跟我們說一遍：**會話時，儘可能使用最簡單的字句。**

可以用簡單的字來表達自己的意思，就不要用艱難的字彙；能夠使用簡單的文法句型來表達自己的想法，就不要用複雜的文法句型。

我們來複習一下使用簡單文法句型、簡單字彙的優點：

＊ 發音不容易發生錯誤。
＊ 文法不容易發生錯誤。
＊ 對方較容易聽懂你的話。
＊ 增加會話流暢度。

我們使用外語說話時，儘可能挑選簡單常見、自己十分熟悉的字彙和文法句型，如果是自己使用過很多次、很熟悉的單字，就不容易產生發音上的錯誤。如果是自己時常使用的文法和句型，那麼在會話中也不會因為不自然的文法，而造成對方的誤解。使用簡單的字彙，還可以讓別人快速聽懂你所說的話、了解你話中的意思，並且能幫助你快速表達自己的意見，而不用每次說話前都要歪著頭想半天。

許多基礎的用法，可以同時用在許多不同的情況中，例如「すみません」，道謝、道歉、呼喊、炫耀時都可以使用，節省思考文法和用字遣詞的時間後，當然也會使得我們

在會話時反應更快更流暢。

我們從事口譯工作也是如此。使用複雜的句型、華麗的詞藻，一點意義也沒有。我翻譯的中文，台灣方面 100% 聽得懂，我翻譯的日文，日方 100% 聽得懂，同時兼具內容正確性，這樣就是最優秀的口譯了。

無論是中文或日文，比起使用複雜字彙，使用簡單的字彙，最好是連小學生都懂的字彙，更有助於對方理解，更有助於會議或活動的進行。如果你翻譯出來的中文太過文言，導致與會人員或台下觀眾聽不懂，那麼就失去口譯的意義了。

「簡單」是世界上最「難」的事情，任何人都能夠將簡單的東西複雜化，但是要將複雜的東西變成簡單，則需要大量的經驗、練習、以及高度的技巧。外語能力非常優秀的人都知道如何單純化，將自己的想法以最簡單的字彙清楚表現出來。當我們在學習日文時，也應該朝這個方向努力。

訓練方法 4：使用最簡單的字句

**這項觀念實在是太重要了！
會話時，儘可能使用最簡單的字句**

⇨ 不容易發生發音或文法上的錯誤

⇨ 節省思考用字遣詞的時間

⇨ 溝通更流暢、一講對方就懂

💡 外語能力非常優秀的人都知道如何單純化
將自己的想法以最簡單的字彙清楚表現出來

【本回任務】做到請打✔

☐ 記住會話時儘可能使用簡單的字句
☐ 了解「使用簡單字句」帶來的好處
☐ 在使用外語練習會話時，總是思考一下有無更簡單更
　易懂的說法

⑤ 活用有聲教材

除了閱讀書籍之外，聆聽 CD、有聲書、廣播、Podcast 等等聲音教材，更能幫助理解和記憶，特別是用來「複習」的時候。「有聲教材」的種類包括：

* 課本後面附的解說 CD
* 出版社發行的有聲書
* 網路上的影片（YouTube）
* 網路個人廣播平台 Podcast

市面上的日文教科書，封底會附有一張 CD，主要內容通常是朗誦課文、或是示範課本中的會話。我們時常將這一片光碟當作空氣，任由它一直擺放在封底，而不會主動將光碟拿出來使用。不過這一片不起眼的 CD 光碟片，依照使用方法的不同，也能夠變成威力強大的學習工具。

出版社發行的有聲書，也是很適合用來學習外語的教材。雖然國內出版社除了童書之外，很少出版有聲書籍，但是有聲書籍在歐美可是非常普遍的。當出版社出版一本新書時，經常同時推出有聲書的版本，價格通常是紙本書籍的 1.5 倍。為什麼訂價這麼貴呢？因為這些有聲書，是為平日過於忙碌、沒有時間看書的人設計的，他們可以在開車時聽、在坐車時聽、在泡澡時聽、在小憩片刻時聽，甚至可以將聲音檔案放到手機當中，隨身帶著走，活用零碎時間，非常方便，不用帶著重重的書到處跑。

最近日本出版社也有跟進的**趨勢**，許多暢銷書籍都能夠買到有聲書的版本，由於有聲書是以檔案的形式販賣，使用者付費之後就可以從網站上直接下載，因此也幫我們節省了許多時間。以往購買日本的書籍，通常得負擔高額的運費和長時間的等待，但有聲書則不同，付款之後就能立即下載收聽，突破了時空的限制，更加方便。

　　網路同樣可以找到許多免費且內容充實的廣播節目和影片。許多電腦影音播放軟體，例如 Media Player，內建有世界各國廣播節目的搜尋功能，當你學習日文時，就可以利用搜尋功能找尋日本的廣播節目。

　　網路同樣有許多教學影片，從教導如何記憶五十音的兒童歌曲，一直到教授日語文法和字彙的影片都有，到 YouTube 網站輸入「日本語＋勉強」、「日本語＋学習」等關鍵字搜尋，就能夠找到各式各樣的教學影片。你也可以到我們的「音速日語」網站，直接觀看許多教授日文發音、文法、字彙、會話的聲音檔案和影片。

　　最後是網路個人廣播平台「Podcast」，這是在美國蘋果公司的線上音樂平台「iTunes」上，以個人或公司身分所錄製的廣播節目，簡單來說就是個人版的廣播。你只要有電腦和錄音器材，就可以在家裡錄好一段語音後，發表至「iTunes」平台和全世界的人們分享，每個人都可以自由下載你所錄製的語音或廣播節目。「Podcast」雖然在台灣並不知名，但是在其他國家相當普及，有許多人和許多公司企業紛紛開設了自己專屬的「Podcast」廣播，將資訊和全世界

分享。只要你有電腦，就可以從網路上免費下載這些廣播節目，同時還可以放到自己的手機和行動裝置中。

在日本，「Podcast」廣播的數量也很多，而且種類五花八門，從電玩情報介紹、一直到東京大學的開放式課程都有，你可以挑選任何自己有興趣的領域，對於學習日文而言，這是不可多得的資訊管道。

我最常收聽的「Podcast」叫做「新刊ラジオ」，主持人每回會挑選一本新書，然後以十分鐘左右的時間，大致介紹書中內容。我因此得到不少珍貴的第一手情報。

好吧，那麼這些聲音教材，對於我們學習日語，到底有什麼實際幫助呢？主要有二點：利於複習、利於攜帶。

＊利於複習

有聲教材非常適合用來複習。如果你閱讀完一本日文教科書，但是沒有將書中提及的文法句型記清楚，想再複習一次的時候，就推薦使用課本後面所附的 CD。使用 CD 以「聆聽」的方式複習，會較為輕鬆。

同樣一本書，我們閱讀第一次的時候很新鮮，但是重覆閱讀第二次的時候就會有些無聊，閱讀第三次就會非常不耐煩，但如果是好聽的歌曲，我們即使連續聽二十遍都不會累，這是為什麼呢？因為閱讀比聆聽更花費精力，重覆閱讀是非常累人的事，但是重覆聽歌則很輕鬆。

因此，有聲教材很適合用來複習。當你想回憶課本內容時，別翻開書本，建議直接聆聽課文朗誦的聲音檔案。翻開

課本讀沒幾頁就累了，但是相同內容的聲音檔，即使一聽再聽，也不容易感到疲倦。聆聽有聲書的時候，如果遇到聽不懂的地方，我們可以倒回去再聽一次、聽二次、聽三次，聽很多次都不會感到焦躁，但是你可以試試閱讀同樣內容的書籍三次，應該會很想將那本書直接扔到垃圾桶。

＊利於攜帶

其次，聲音教材非常便於攜帶，可以在任何時間、任何場所進行學習。聲音檔案完全不占空間，可以放進筆電、手機、平板等等行動裝置，隨身帶著走，而不必拿著一本重重的書。

我們可以在日常生活的零碎時間中，使用聲音教材來學習日文，例如開車時、坐公車時、坐捷運時、排隊時、走路時、洗澡時、散步時、工作休息片刻時，都可以聆聽聲音檔案進行學習，不受時間和地點的限制，而且如同上面所說，聽再多次都不容易感到疲累。

日本有許多關於「通勤時間活用術」的書籍，教導日本上班族如何活用每天電車通勤的一個半到二個小時的時間。其實你也可以活用每天乘坐交通工具的時間，別把時間拿來睡覺和發呆，戴上耳機，多聽一點有聲書或是 CD 教材，這樣會使你比別人多出許多學習時間，讓你的進步速度比別人更快。

訓練方法 5：活用有聲教材

除了閱讀書籍之外
聆聽有聲教材
更能幫助理解和記憶

▷ 課本後面附的解説 CD

▷ 出版社發行的有聲書

▷ 網路上的影片（YouTube）

▷ 網路個人廣播平台 Podcast

💡 有二項最主要優點：利於複習、利於攜帶

【本回任務】做到請打✔

□ 了解有聲教材的種類
□ 理解有聲教材的好處：利於攜帶、利於複習
□ 實際將手邊教科書的 CD 聲音檔放入手機中
□ 使用手機或電腦版「iTunes」下載至少一項「Pod-cast」來聽
□ 實際使用日本的新聞網站學習、訓練聽力和閱讀能力
　　1. NHK News Web：
　　　http://www3.nhk.or.jp/news/
　　2. NHK News Web Easy：
　　　http://www3.nhk.or.jp/news/easy
　　3. 日テレ NEWS24：http://www.news24.jp/
　　4. FNN：http://www.fnn-news.com/

⑥ 無字幕影片

　　觀看日劇、電影、或是其他日本影片時，挑選沒有字幕的影片，或是將影片字幕遮起來觀看，能夠增加聽力、發音、以及會話能力。

　　如果覺得觀看無字幕影片太過吃力，無法了解劇情的話，也可以先看一次有字幕的影片，再看一次沒有字幕的影片。

　　在學習日文時，觀看沒有字幕的影片，對我們有以下的幫助：

＊訓練聽力

以日劇為例，由於沒有字幕的關係，我們必須從角色的對話中取得線索，來了解完整的劇情，因此會逼迫你不得不張開耳朵、專心仔細地聽每一句話。

你會發現，比起純粹聆聽聲音（例如聽廣播節目），觀看聲音搭配影像的日劇，我們反而能夠聽懂更多。這是因為我們除了聲音之外，還能夠從人物表情、肢體動作、當時情境等等方面找到線索，來推測他們到底說了什麼話。

整體來說，觀看影片能夠大大訓練我們的聽力。一部六十分鐘的日劇，當中的台詞對白可能就高達好幾千句，比起課本不知道多了多少，而且又是從日本人口中說出的道地日語，無論質和量方面，都很適合作為聽力教材。

＊增進發音

提供一個小訣竅：在看日劇的時候，將視線和注意力集中在說話者的嘴巴上，會讓你更容易聽懂他們的對話。

這和讀唇語有些類似，但是沒有那麼困難。當我們看到人物說話的嘴形時，會下意識地將嘴形和發音進行連結，例如當一個小孩看到妖怪時張大嘴巴，我們就會直覺聯想到「啊……」之類的驚叫聲。因此，如果我們仔細注視說話者的嘴形，便會下意識從中找到發音線索，使我們更容易聽得懂。

另外，注視嘴形還可以使你的發音進步。當你將視線和注意力集中在人物說話時的嘴巴，你也會無意識間將他們說

日文時的嘴形記起來，而在往後說話時，不自覺地模仿他們說話的樣子。由於你模仿的是日本人和日本人說日語時的嘴形，因此也可以間接使你的發音進步，使發音更標準。

雖然沒有任何學說可以支持這樣的說法，但是我們確實在教授日文時看到許多這樣的情形，經由這種方法增進發音是確實可行的。

＊學習情境、人物表情等等非語言情報

除了登場人物的對話可以做為教材之外，人物表情、肢體動作、語氣、當時情境等等，都可以當作學習的對象。這些「非語言情報」，雖然和語言本身沒有直接關係，較為抽象，但是卻會大大影響各種字彙文法的使用時機。

也就是說，相同的字彙會依據人物表情、肢體動作、語氣、當時情境等等因素的不同，而產生不同的意思，這一點也是我們必須學習的。以「失礼します」為例：

敲門時說：「失礼します」，表示「打擾了」。
離開時說：「失礼します」，表示「就此告辭」。
說錯話時說：「失礼しました」，表示「抱歉」。
從人前通過說：「失礼します」，表示「不好意思」。

經由影片，我們可以學到這一些課本所學不到的資訊。

＊有趣不枯燥

　　為什麼建議使用日劇、電影、動畫卡通來學習日文呢？最根本的原因，就是因為「有趣、好玩」。和閱讀課本比起來，觀看影片顯得好玩多了，看了半小時的課本，可能會讓我們頭痛欲裂、昏昏欲睡，但是看完半小時的卡通後，我們還會想再看下一集。

　　我們能夠從影片中學到大量的日常會話，而且不會感到枯燥、能夠進行長時間的學習，同時能夠訓練聽力、增進發音、學習非語言情報，真的是十分划算。

　　那麼，為什麼我們一定要看「沒有字幕」的影片、或是要將字幕遮起來，而不能看「底下有字幕」的影片呢？原因很簡單，一旦有了字幕，你的視線和注意力就會下意識地集中在字幕上，而不會注意聆聽角色們的對話、仔細觀察他們的表情。這麼一來，以上所說的學習優點就會全部不見，無法訓練聽力、無法學習發音，變得像是在看本土綜藝節目一樣，只有單純娛樂的效果。

【本回任務】做到請打✔

□ 了解無字幕影片的好處

□ 若程度為 N3 到 N5 之間，可以先看一遍有字幕的影片、再看無字幕的影片

□ 看的時候，集中注意力在演員的嘴形和臉部表情

訓練方法 6：無字幕影片

觀看日劇、日本電影、動畫時
挑選沒有字幕的影片
或是將影片字幕遮起來觀看

⇨ 訓練聽力

⇨ 增進發音

⇨ 學習非語言情報

⇨ 有趣不枯燥

💡 最大優點：有趣、好玩

和閱讀課本比起來，觀看影片顯得好玩多了
人物表情、肢體動作、語氣、當時情境等等
都可以當作學習素材

⑦ 想像聲音往前穿透

我們在說話的時候，要用什麼樣的發聲方式，才會讓聲音明亮清晰、別人容易聽懂，同時又不會太過吃力呢？

你可以想像自己說話時，聲音從口中出來，像一枝箭快速地朝向對方額頭射過去，這就是最清晰易懂、同時又不費力的說話方式。以文字敘述可能很難理解，請各位進入以下網址，就能聽到實際的聲音示範。

http://wp.me/pEwAQ-2Q3
※ 輸入網址時請注意，英文大小寫必完全須相同

事實上，發聲方式對於我們擔任口譯工作的人員來說格外重要，因為聲音就是我們的生命，有時候一整天都在講話，如果沒有以合適的發聲方式說話，常常半天下來嗓子就啞掉了，剩下半天就只能開天窗、或是請人代班。特別是擔任隨行口譯時，要和對方壓低聲音說悄悄話，這種方式最傷喉嚨，不用二、三個小時，就會感覺到喉嚨不適、頭昏腦脹。因此，我們必須找到對方聽得舒服、卻又不傷喉嚨的適當發聲方式，我們沒有選擇，只有這種方式才能讓我們活得比較久一點。

有許多關於「呼吸法」和「發音方法」的書籍，例如「腹式呼吸」、「丹田發聲」等等，但是都寫得太複雜，令

人難以實踐。在經過不斷地實驗和觀察後，我們發現一個最簡單易懂的方法：只要「想像你的聲音往前穿透對方」就可以了。如此一來，不但對方可以聽得很清楚，自己說話時也不會太過費力。這種發聲方式的好處有：

＊改善音量太小的情形

有些人習慣講話講在嘴巴裡、聲音細小。使用這種方式發聲，可以幫助放大音量。

＊使聲音容易聽清楚

有些人講話速度太快、口齒不清，像含著一顆滷蛋。使用這種方式發聲，可以使你的聲音更清楚易懂，即使速度再快別人都聽得懂。

＊使聲音清亮有精神

使你說話的聲音高亢、清亮、充滿精神，而不會有沉悶或死氣沉沉的感覺。和先前提過的「說話時提高音調」方法一起使用更好！

＊說話時不容易累

用這種方式發聲，對於喉嚨和聲帶造成的負擔較小。根據我們的經驗，即使講一整天的話，聲音都不會沙啞。

　你可以找個朋友，一起練習這種發聲方法。雙方站在地上、距離約五公尺，想像自己的聲音像箭一樣射穿對方的額頭，如果你發現即使用很細微的聲音說話，對方都能清楚聽見，那就表示你成功了。

【本回任務】做到請打✔

□ 了解「想像聲音往前穿透」發音方式的好處
□ 從文中提供的的聲音檔，實際體會發音的不同
□ 試著和朋友一起練習這樣的發聲方式
□ 行有餘力的話，可以上網搜尋「腹式發聲」，了解更多相關資訊

訓練方法 7：想像聲音往前穿透

想像說話時，聲音從口中出來，像一枝箭快速地朝向對方額頭射過去，這是最清晰易懂的說話方式

⇨ 改善音量太小的情形

⇨ 使聲音容易聽清楚

⇨ 使聲音清亮有精神

⇨ 說話時不容易累

⑧ 積極參與讀書會、研討會

積極參加各種讀書會、研討會、或是 Facebook 的學習社團、LINE 群組等等，無論是對初學者、或是擁有相當程度的進階者，這麼做都有相當大的幫助，能夠學到很多東西。

以結論來說，初學者參加讀書會、研討會，可以經由分享彼此的學習經驗、方法和心得，克服在學習語言上所遇到的困難。至於已經擁有相當語言程度的人，例如日文口譯和日文老師，也可以經由參加讀書會、研討會，得到新的刺激，知道世界是很寬廣的，逼迫自己繼續深入學習、持續加強自己的語言能力。

【初學者範例】

舉例來說，如果你剛學日文不久，或許會因為背誦五十音或是理解日文動詞變化而感到苦惱，怎麼記都記不起來，過不久開始自我否定，認為自己特別笨、沒有學習語言的天分，然後漸漸失去自信，看到書本就頭昏、不想積極學習。

但是如果你去參加各種讀書會、研討會，就會發現原來不是自己才有這個問題，幾乎每個人都有相同的問題。你背不起來的五十音、別人也背得不順；你不懂動詞變化，是因為中文本來就沒有動詞變化的習慣，因此所有台灣人學習時都會不適應。在讀書會中，可以分享彼此的學習經驗、認識學習日文的同好、討論有效率的學習方法等等，使自己更有自信、更能持續學習日文，也可以定時聚會，以半強迫的方式讓自己每天或每星期都有學習日文的進度。

參加研討會也是不錯的方式。研討會的目的通常較為實際，由專業的日文老師分享學習經驗，提供適合的方式，幫助參加者克服日文學習上的困難。

【進階者範例】

　　如果你像我們一樣，是日文老師、日文口譯，或是日文已經學到了一定程度，那麼也十分推薦你去參加讀書會或研討會，但是目的不太一樣。

　　我們去參加讀書會、研討會的目的，不是學習日文，而是認識更多同好、分享彼此訓練日文能力的方法，更重要的，是消除自己驕傲自滿的心態，讓自己更加深入學習日文。

　　可以經由參加聚會，認識許多專業人士，例如日文口譯、日文導遊、書籍翻譯家、大學教授、廣播節目 DJ、日商公司人員等等，由於大家學習日文都有一定時間和經驗，可以彼此分享提升日文能力的訣竅。有人可能是每天閱讀報章雜誌、有人可能是熱愛觀看日劇、有人習慣每天寫日記、有人則是工作上頻繁地使用日文等等，藉由別人的經驗，我們也許可以發現適合自己的方法，能夠用來訓練自己的語言能力。

　　但是，更重要的是，參加聚會可以刺激自己，讓自己不再驕傲自滿，繼續努力學習。以我自己為例，由於我學習日文一年多的時間就通過日檢一級，大學開始擔任日文口譯，當時年輕氣盛，說完全不驕傲自滿是騙人的。那時的我眼睛

長在頭頂上，認為自己真是有天分，怎麼可以在別人還在和課本單字奮戰的時候，就有能力去外面接口譯案件呢？我也覺得自己的日文能力已經到達不錯的境界，應該不用再花什麼時間學習，只要順其自然下去就好了。

然而，在我參加了一場日本異業交流會之後，就完全改變了自己的看法。交流會中有日本企業主管，以及各種日文專業人士出席，包話日文口譯、日文老師、日語導遊、日本公司的台灣職員等等，當時我真是大開了眼界。

本來以為自己的日文能力已經很好了，而客觀說起來確實也不差，但是到了會場，才知道什麼叫人外有人、天外有天。許多人光聽說話的聲音，根本分不出來是台灣人還是日本人，中文和日文都像母語一樣標準流利，完全不是當時的我能夠達到的等級，相形之下自己如同井底之蛙。

由於有了這次經驗，我體認到虛心學習的重要性，重新拾起書本，努力使用各種方法訓練自己的發音和會話能力，讓自己的日文程度能夠更為提升。如果沒有參加那次的聚會，那麼我可能就會安於當時三腳貓的日文，而不再努力學習，那麼也不會有後來的口譯經歷、不會有「音速日語」網站，更不會有大家現在看到的這本書了。

參加讀書會和研討會，對於初學者來說，可以獲得自信心和有效的學習方法；對於日文已經有一定程度的人來說，可以交流訓練日文能力的方法，更可以讓自己接受新的刺激、致力於提高自己的日文程度。

訓練方法 8：積極參與讀書會、研討會

積極參加各種讀書會、研討會
Facebook 的學習社團、LINE 群組

初學者 ⇨ 分享彼此的學習經驗、方法和心得
克服學習上遇到的困難

進階者 ⇨ 得到新的刺激，繼續深入學習、
持續加強自己的語言能力

【本回任務】做到請打✔

☐ 加入至少二個 Facebook 日文學習相關社團
☐ 除「音速日語」之外，再訂閱至少五個 Facebook
日文學習專頁
☐ 上網搜尋各大學日文系的研討會和講座活動
☐ 每天花三十分鐘，到 Facebook 社團或專頁觀察別
人如何學習日文
☐ 學習遇到挫折時，到 Facebook 社團或專頁分享遇
到的問題、尋求大家建議

⑨ 使用各種便利的網路服務

> 任何足夠先進的科技，都與魔法無異。
>
> ——詹姆士·科麥隆（James Cameron）
>
> 電影《鐵達尼號》(Titanic)、《阿凡達》(Avatar) 導演

什麼是資訊工具？資訊工具，就是改變我們生活方式的重要科技產品，主要有「電腦、網路、軟體」三項。

將電腦、網路、軟體等等資訊工具作為媒介來學習外語，這是傳統教科書和學校課程中鮮少提及的部分，但是在今天，這些資訊工具的運用變得非常重要，因為這些資訊工具，能讓我們學習外語的速度變得更快、更有效率。

在二、三十年前，電腦網路科技還未普及，想學習任何技能，基本上只有「看書」和「上課」二種選項。如果你想學修車，要嘛去看書，要嘛跟在師傅身邊當學徒；如果你想學習日文，要嘛去書店買教科書，要嘛乖乖花錢去上課。

但是現在，這種情況徹底被打破，電腦和網路不但改變了所有人的生活、所有商業形式，也從此改變了學習外語的方法。電腦和網路可以辦到許多以前透過「老師上課」才能辦到的事，而且功能極為強大。

文法解說？Google 一下，就能找到許多整理好的文法說明。訓練聽力？YouTube、ニコ動、新聞網站上有一輩子都看不完的影片可以訓練。練習使用日文？Facebook 社團和粉絲專頁，讓我們隨時隨地都可以用日文和別人溝通，還有人

可以糾正我們的日文錯誤。

甚至連老師上課做不到的事情，電腦和網路也能做到。遇到問題時，老師沒有空，可以上網發問。想要學習更多時，老師鐘點費很貴，可以到網站閱讀大量教學文章和影音。受到挫折時，老師的鼓勵有限，我們可以分享在Facebook上尋求大家建議。

事實上，透過資訊工具的加持，現代人學習語文的速度，比過去快上許多倍。差不多是腳踏車和跑車的速度差異。

我們親眼所見，在大學課堂上，有許多學生的日文能力，無論是流暢度、用字遣詞、發音，其實是比台上教授還要厲害的。學習日文不過數年的學生，竟然比學了二、三十年的資深講師還要厲害，這種「青出於藍勝於藍」的情況到處都是，不過當我們知道教授是三十年前以錄音帶學日文，而現在學生是每晚掛在Facebook和LINE上和日本朋友聊天時，對於這種差距就不會感到太驚訝了。

資訊工具讓我們以更快的速度學習，也讓我們真正達到「以語言享受生活」。以下我們挑選了一些可以幫助日語學習的電腦和網路服務，分門別類、列成清單進行介紹。

【獲取最新資訊】

＊ **Facebook**

在Facebook內以關鍵字搜尋相關的粉絲專頁或社團，按讚加入之後，就能不定時收到更新資訊。可以使用諸如「日文」、「日本語」、「日本旅行」、「日本音樂」之類的字

詞來搜尋，就能找到很多意想不到的豐富資訊！

＊ Twitter

　　日本人最常使用的社交網站是 Twitter，前往官方網站申請一個帳號，接著使用上方搜尋欄，輸入想加入的知名人士名稱查詢，就可以前往其推特頁面，也可以使用 twinavi.jp 這個網站幫助尋找。若想追蹤此人的相關訊息，按下圖片下方的「＋ Follow」即可，日後在你自己的推特頁面上，就能夠看到對方即時發表的對話和訊息了。

＊まぐまぐ

　　日本是電子報風氣十分興盛的國家，「まぐまぐ」是日本最大的電子報發行網站，有不同領域、超過三萬種電子報可供訂閱，其中也有和「日本語學習」相關的許多電子報，無論是在學習日文、或是在取得其他領域的知識和資訊方面，都十分便利。

【增加學習效率】

＊日本 YAHOO、Goole 等搜尋引擎

　　「搜尋引擎」的使用方法很重要，所以我們花點篇幅來解說。

　　我們在使用日文進行書寫時，經常會有「我到底有沒有用錯文法？」這樣的疑慮吧，特別是在撰寫文章或是書信的時候，一旦用錯了文法或表達方式，很容易在別人面前丟

臉，因此許多人在書寫日文的時候，經常會想半天還無法下筆，深怕自己使用不自然的日文，讓對方見笑、或是讓對方覺得自己的日文程度不好。老實說，我們從事翻譯工作時，經常碰到這個問題，特別是中翻日的時候，若是日文的表達方式不自然、使用了不適當的日文，交稿之後就沒辦法再修改，會變得很嚴重，因此「確定自己使用的是正確的日文」這件事情變得非常重要。

那麼，我們在書寫的時候，該如何確定文法措詞沒有錯誤呢？可以使用字典，不過字典只能查詢單字和部分句型，沒辦法查詢一整句話，因此很難判斷自己寫出來的日文是否正確，使用上較為吃力。我們還有一項祕密法寶，能夠像老師一樣，無時無刻校正我們所書寫的日文，讓我們知道哪裡是不自然的用法、哪裡又需要修正。這項工具，就是「搜尋引擎」。

你沒有聽錯，就是我們平時熟悉的「Yahoo」、「Google」等搜尋引擎。那麼，這些網站如何幫助我們校正日文呢？以下直接使用實例說明。

舉例來說，我們想用日文表達「小鳥在天空飛」的意思，因此寫了「鳥が空で飛ぶ」這個句子。看起來沒問題，但還是想確定一下這句話是不是標準的日文。

於是我們在「Yahoo! JAPAN」中輸入「鳥が空で飛ぶ」進行搜尋，發現搜尋結果非常少，因此可以判斷，這句話並不是日本人平時會說的話，應該是不太自然的日文。事實上，正確用法是「鳥が空を飛ぶ」。

＊日文輸入法

這項訓練方法也很重要，同樣稍微解說一下。

「日文輸入法」也是訓練日文能力的好方法！沒錯，你沒有看錯，就是我們平時打開電腦、經由鍵盤輸入日文時所使用的「日文輸入法」。

我們一般使用的日文輸入法，是 Windows 內建的「IME 日文輸入法」，主要特色是以羅馬拼音的方式輸入日文，例如我們想輸入「か」，就必須依序按下「ka」二個字母，假名「か」才會跑出來。

另一項特色是，當我們想輸入漢字時，必須先輸入完全正確的平假名，才能順利轉換成漢字，如果其中有一個假名錯誤，就沒辦法轉換。例如我們想輸入「私」這個漢字時，必須輸入「わたし」才能順利轉換，如果輸入「わだし」，那麼無論怎麼按，漢字就是出不來。如果你時常瀏覽日本網站，一定對這樣的日文輸入法不陌生。

回到正題，「IME 日文輸入法」如何訓練日文能力呢？如果你目前還沒記住五十音，可以用日文輸入法來訓練，因為我們得知道正確的發音，才能打得出假名。另外，打字時必須記住正確的假名拼音，才能正確地輸入日文字彙和漢字，正好可以用來訓練拼寫能力、聽力、口語能力。許多人學習日文時，往往會依賴漢字，覺得看得懂就好，但是若不知道漢字的正確發音，就會聽不懂、也說不出來。使用電腦輸入日文的時候，如果不能清楚記得每個單字的清音、濁音、長音、促音的話，就會打不出來，因此我們也會知道每

個字彙的正確發音，間接提升聽力和口語會話能力。

＊ひらひらのひらがなめがね

這個網站能夠將任何網頁的日文漢字，自動在上方標上假名（ふりがな），讓我們閱讀時方便許多，不用一一去查詢漢字，也能學習漢字的正確發音。

＊ Skype

網路電話 Skype，是能夠使用網路進行免費通話和視訊對話的工具軟體。我們可以使用 Skype 和國外朋友即時聯絡，當我們想練習外語時，也能夠尋找同好，在 Skype 上進行會話練習。Skype 的通話品質相當好，只要有耳機麥克風，在電腦前就能和世界各地的人取得聯絡。Skype 除了網路電話之外，也能夠撥打室內電話和手機，而且費用相當低廉，當在國外要聯絡家人時，使用 Skype 會比一般電話便宜許多。

＊網路字典

網路字典有紙本字典和電子辭典無法辦到的功能，當我們要查詢網頁或文書檔案中的單字，可以使用「複製貼上」功能，直接將單字貼到網路字典中查詢，較為快速。如果使用電子辭典的話，則需要一字一字輸入，會花費許多時間。最常用的日文網路字典服務有：

goo 辞書：https://dictionary.goo.ne.jp/

weblio 辞書：http://www.weblio.jp/

※ 輸入網址時請注意，英文大小寫必完全須相同

goo　weblio

【影音新聞】

* NHK News Web：http://www3.nhk.or.jp/news/

* NHK News Web Easy（適合初中級學習者）：
http://www3.nhk.or.jp/news/easy

* 日テレ News24：http://www.news24.jp/

* テレ朝 news：http://news.tv-asahi.co.jp/

【綜合學習】

* 東外大言語モジュール（日語綜合學習）：
http://www.coelang.tufs.ac.jp/mt/

* やさしい日本語（NHK 的日語教學講座）：
https://www.nhk.or.jp/lesson/chinese/

* JPLANG（初級日文學習）：https://jplang.tufs.ac.jp/

* よみうり博士のアイデアノート（日本中小學生學習新聞
日語用）：http://www.heu-le.net/yomi3/top.html

* オンライン日本語テスト（綜合日文測驗）：
http://test.u-biq.org/

* アニメ・マンガの日本語（用動漫學日語）：
http://www.anime-manga.jp/

＊ Web CMJ（文法和字彙測驗）：

　http://opal.ecis.nagoya-u.ac.jp/webcmj/

【發音學習】

＊ つたえる　はつおん（發音訓練）：

　http://www.japanese-pronunciation.com/

＊ 日本語教育用アクセント辞典（常見字彙的重音）：

　http://accent.u-biq.org/counter1.html

＊ 東京語アクセント（學習標準的日語腔調）：

　http://nihongo.hum.tmu.ac.jp/mic-j/accent/index.html

＊ 現代日本語コース中級　聴解（聽力訓練）：

　http://opal.ecis.nagoya-u.ac.jp/~ijlc/

【字彙學習】

＊ 幼児の学習素材館（學習日語五十音）：

　http://happylilac.net/hiragana-h.html

＊ 日本語を楽しもう！（學習擬聲擬態語）：

　http://pj.ninjal.ac.jp/archives/Onomatope/

＊ 漢字園（學習同字異義字）：

　http://www3.u-toyama.ac.jp/niho/kanjien.html

＊ 書き順（學習漢字和假名的筆順）：http://kakijun.jp/

＊ やってみよう日本語クイズ（學習自他動詞）：

　http://yuko-nakaishi.net/quiz/index.html

＊ 経済のにほんご（學習商業和經濟用語）：
http://keizai-nihongo.com/

＊ 基本動詞ハンドブック（圖解動詞用法，適合教師使用）：
http://verbhandbook.ninjal.ac.jp/

＊ リーディングチュウ太（分析文章字彙難易度）：
http://language.tiu.ac.jp/

【其他】

＊ 青空文庫（網路圖書館）：http://www.aozora.gr.jp/

＊ 福娘童話集（日本童話）：http://hukumusume.com/douwa/

＊ キッズ外務省（了解各國資訊）：
http://www.mofa.go.jp/mofaj/kids/index.html

＊ JLPT 日本官方網站（完整模擬試題）：http://www.jlpt.jp/

＊ みんなで聞こう　日本の歌（用童謠學日語）：
http://nihon-no-uta.jp/

＊ ひろがる（理解日本生活文化）：
https://hirogaru-nihongo.jp/

＊ STUDY IN JAPAN（日本留學資訊）：
http://www.studyjapan.go.jp/jp/index.html

【本回任務】做到請打✔

□ 實際用用看我們在文中提到的資訊工具和服務

日文口譯實行的九項高效率訓練方法

 1 自言自語

 2 腦中預演

 3 錄音日記

 4 使用最簡單的字句

 5 活用有聲教材

 6 無字幕影片

 7 想像聲音往前穿透

 8 積極參與讀書會、研討會

 9 使用各種便利的網路服務

6-2 各種非語言溝通技巧

有了笑，人類的感情就溝通了。

——雪萊（Percy Shelly），英國浪漫主義詩人

除了發音和口語能力之外，在進行會話時不可或缺的，還有「非語言情報」。

「非語言情報」指的是不透過說話，而是透過表情、視線、肢體動作、姿勢等等「非語言」來傳達的資訊。例如當我們愉快時會微笑、生氣時會皺眉，就是透過笑容、皺眉這種「非語言情報」來傳達自己「高興」或「不高興」的訊息。

在溝通時，除了說話的用字遣詞之外，這類型的資訊也非常重要，能夠直接了當傳達說話者當時的心情和想法，當你看到別人開始皺起眉頭時，就應該知道要閉上嘴巴、乖乖離開了。特別是在和外國人溝通時，每個國家都有不同的習慣，會使用不同的表情、肢體動作來傳達自己的想法，若沒有多加學習，容易在會話時造成雙方的誤會。

以日文來說，如果你不懂日本人特有的表情、視線、肢體動作、姿勢等等「非語言情報」，那麼也會造成溝通上的困難，甚至讓人覺得你是個「失禮」的傢伙。

以下我們將分為數種類別，用條列的方式介紹這些重要的「非語言」溝通技巧：

① 表情

日本人和他人見面或接觸時，非常注重面帶笑容，特別是服務業，無論在任何情況下，都不可以擺出不耐煩的表情。日本宅急便業者，甚至經常接到客訴電話，只因為宅配員送貨到府時態度不佳、或是身上有菸味。

② 視線

日本人在和他人談話時，一般眼神會注視領口部位，不習慣一直看著對方眼睛。雙方眼神接觸，感覺太過直接，會為彼此帶來壓力。台灣則相反，若是說話時沒有注視對方的眼睛或臉部，很容易被以為沒有專心聆聽。

日本人在遭到斥責時，一般是不會看著對方的。例如上司責罵下屬時，下屬頭會低低的，眼神看著地面，表示反省之意，如果一直盯著上司看，會被認為不思反省。台灣則相反，如果被上司責罵時一直盯著地面看，會被認為不專心聽，反而眼神必須注視著上司，並且隨時點頭，表示真的有聽進去。

③ 肢體

道謝時必須鞠躬。輕微道謝時，說「ありがとう」，點頭或鞠躬約 15 度。一般道謝時，說「ありがとうございま

す」，鞠躬約 30 度。鄭重道謝時，說「まことにありがとうございます」，鞠躬約 45 到 90 度。

道歉時也必須鞠躬。因小事道歉時，說「すみません」，鞠躬約 15 度。普通道歉時，說「すみません／申し訳ありません」，鞠躬約 30 度。鄭重道歉時，說「申し訳ございいません」，鞠躬 90 度。

遞名片的時候，不能夠使用單手，接受別人的名片時，也不能單手接過來之後，就隨意放進口袋。一般在遞送名片時，必須使用雙手，大姆指朝上，並將文字轉到對方容易閱讀的方向，表示禮貌。在接受別人的名片時，也必須以雙手接過，同時注視著名片，唸出對方姓名。因為日本人的姓氏唸法不固定，如果不知道對方名字唸法，就胡亂收起名片的話，不但沒有禮貌，也很容易日後因為唸錯而鬧笑話。

握手時，由地位較低的一方主動伸手，是固定的習慣，上位者較不會主動伸出手。例如在和客戶結束談話時，一般是我方人員主動伸出手掌握手，表示禮節。遞名片也相同，先由地位較低的人遞給地位較高的人，或是由較年輕的一方遞給較年長的一方。

在公司內遇到同事或上司，打招呼的時候不能夠招手說：「Hi！」正確的作法是略為點頭，並且說：「お疲れ様です。」另外，除非你是社長，否則任何時候採取坐姿時，都不宜翹腳，否則會顯得很沒有禮貌。

④ 手勢

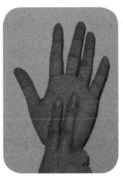

　　日本人表示數字的手勢和台灣不同。6、7、8 等數字，不像台灣人一樣使用單手表示，而是習慣將右手的手指放在左手的掌心來表示。上圖左至右依序為 6、7、8。

⑤ 姿態

　　無論年紀和職位，日本上班族工作時，男生都會穿著正式西裝，以表達對工作的尊重，一般為深色西裝加上深色皮鞋，因此早晨的電車上，經常可以看到黑壓壓的一片。這也表示如果你要在正式場合和日本人接觸時，也最好穿上深色西裝和深色皮鞋。

⑥ 距離

　　我們在排隊或和日本朋友聊天時，可以觀察日本人和他人保持的距離，和其他國家的人比起來，日本人彼此之間的距離較遠。一般來說，歐美人士的間隔較近、華人次之，

日本人間隔較遠，這表示日本人較注重「自我空間」、注重「個人隱私」。因此，當你和日本人談話時，最好避免靠得太近，否則可能會看到對方一直往後退，雖然你可能只是為了表達親切感，但是對方卻會感到壓力。

⑦ 駕駛習慣

　　日本人在開車駕駛時，會「最優先」禮讓行人通行，車輛經過斑馬線的時候，即使是綠燈，只要斑馬線上有人，就必須停下來，先等人走過去後才能通過。在小巷子和沒有紅綠燈的小路也相同，行經岔路時要先停一下車、注意左右是否有行人，若有行人則優先讓他們通過，不能搶道。

　　日本人還有另一項特殊的行車習慣，當我們開車要「切換車道」的時候，若是後方車輛減速、讓我們插隊進去，切換車道完成之後，要記得「閃二下雙黃燈」，意思是「謝謝你的禮讓」。若是有機會在日本自駕旅行，可得注意一下。

⑧ 會激怒日本人的行為

　　到日本要注意日本人的「拍照習慣」，簡單來說，若是沒有取得對方許可、絕對不可以對著人拍照。其實這在台灣也是不太好的行為，現在注重個人隱私的人愈來愈多，隨意拍攝他人照片，很容易會讓對方不快、引起糾紛。日本曾經發生過在電車上對女生拍照、結果被當成痴漢報警處理的案例。

　　在日本「用食指指著別人」也是大忌，很沒有禮貌，會

讓人覺得心裡很不舒服，在和日本朋友聊天時要特別注意。

⑨ 其他方面

收到他人的禮物時，依照習慣通常要回禮道謝。例如日本朋友來台灣時送你日本名產，那麼下次你去日本時，就要帶一些台灣名產過去，以表達謝意。送禮時不宜送太過貴重的禮物，否則接受的一方會有壓力，不曉得日後該如何回禮才好。

掛電話的時候，如果是工作場合，必須先停個三秒鐘左右再把電話按掉結束通話，因為讓對方（特別是客戶）聽到掛電話時的嘟嘟聲，是非常沒有禮貌的行為。

如果想到別人家拜訪時，即使是好朋友，也一定要提前說，不可以隨便就跑去對方家中。日本人重視個人隱私，同時也怕家中髒亂被別人見笑，因此會事先整理，一般情況下提前一至二星期先說，是較恰當的。

在電車當中，通常是不說話、不發出聲音的。電車內很少看到有人交談，手機也習慣關成靜音模式，大家不是看書、睡覺、就是用手機傳簡訊，以不影響他人為前提。另外，出外時不穿拖鞋。拖鞋是在家中穿的，如果穿拖鞋走出門外，會令人感覺很邋遢、缺乏教養。

吃飯時必須用手端著碗，不可以將碗放在桌上吃，吃飯咀嚼時也不發出聲音。但是吃麵時，則可以發出「咻咻」的聲音，除了表示麵很好吃之外，也能夠同時吸起湯汁，品嘗湯底的美味，反而吃麵時如果不發出聲音，會讓人疑惑：

「是不是麵不好吃呢？」

倒酒時，由地位較低者倒酒給地位較高者，同時日文中的「乾杯」，指的並不是一口氣喝完，而是大家一起喝的意思，喝多少則隨個人意願。

在路上的時候不可以邊走邊吃，很少在日本街頭看到有人一邊走路一邊吃著零食，除非在遊樂園、祭典等等地方，否則一般是不會邊走邊吃的，看起來很沒有規矩。

日本人排隊時，習慣「叉子型排法」（如下頁圖）。排隊上廁所時，假設有三間洗手間，那麼日本人並不會在門的前面排成三排，而是只排成一排，有洗手間空出來時，依序向前遞補。排洗手間、拉麵店、銀行 ATM、書店結帳時，一般都會使用這種排隊方式，去日本旅遊時要特別注意。

叉子型排隊法

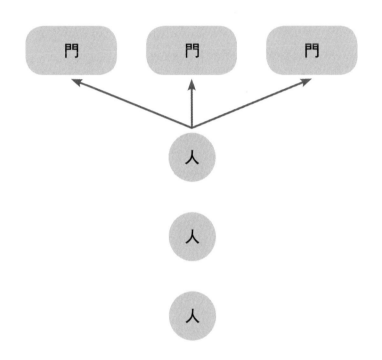

【本回任務】做到請打✔

☐ 理解各種日本和台灣不同的「非語言溝通技巧」，包含表情、視線、肢體動作、習慣等等。

每回任務總整理

01 成功者的學習方式──思維篇
Chapter

1-1 學習外語時正確的順序和方法

☐ 理解什麼是「聽、說、讀、寫」能力

1-2 學習母語的順序

☐ 理解「聽、說、讀、寫」所各自代表的意義
☐ 理解我們小時候學習母語的順序

1-3 「聽、說、讀、寫」順序不適合學習外語

☐ 了解學習日語時的「聽、說、讀、寫」順序
☐ 理解學習母語和學習外語的順序並不相同

1-4 小孩學習母語／大人學習外語的差異

☐ 具體理解小孩和大人學習語言的三項差異
☐ 了解大人的記憶力不如小孩，但是具有很強的理解力
☐ 了解大人的語言環境不如小孩，但是可以靠興趣學習
☐ 了解大人很難自然習得一種語言，但是靠教育依然可以精通

1-5 徹底解析學習外語的「聽、說、讀、寫」

☐ 理解「聽、說、讀、寫」的具體內容和難度
☐ 理解學習外語時，難度為「說＞寫＞聽＞讀」
☐ 了解各項能力並非彼此獨立，而是具有內包關係

1-6 最高準則：「說」

☐ 了解大原則：學習外語時、永遠以「說」為目標
☐ 學習日文時，將最大心力放在「說得出來、說得通順」上面
☐ 學習文法句型要花時間實際造句、唸出來、唸熟唸順

02
Chapter

成功者的學習方式──實戰篇

2-1 成功人士實行的「X型學習模式」

☐ 了解什麼是「X型學習模式」
☐ 了解我們實際學習外語時，也是依照此模式學習

2-2 「X型學習模式」每項步驟的重要性

☐ 理解「X型學習模式」的重要性，缺一不可

2-3 「X型學習模式」的運用訣竅

☐ 具體了解如何有效運用「X型學習模式」

2-4 慣用語句的快速學習方法

☐ 理解學習母語和慣用語句的「Y型學習模式」
☐ 了解學習慣用語句的最好方法

2-5 如何讓短期記憶→長期記憶

☐ 理解什麼是「短期記憶」和「長期記憶」
☐ 了解「短期記憶」和「長期記憶」在學習模式的位置
☐ 了解將「短期記憶」轉換成「長期記憶」的訣竅：用到
　　習慣為止

2-6 學習速度的差異＆語言天才的祕密

☐ 理解為什麼花同樣的時間心力，有人學得快、有人學得
　　慢
☐ 了解語言天才的祕密：「Ｘ型學習模式」快速運轉
☐ 了解阻礙學習的各項因素

2-7 學習外語時最重要的燃料

☐ 理解學習外語時最重要的東西：興趣
☐ 了解好奇心、刺激、新鮮感都屬於興趣的一環

03
Chapter

發音訓練方法──知識篇

3-1 為什麼看得懂、聽得懂、卻說不出來？

☐ 理解口語能力無法進步的二項原因：發音不夠精準、使用頻率太低

3-2 為什麼「發音」這麼重要？（之一）

☐ 了解發音容易「化石化」，習慣錯誤後就很難改正
☐ 了解發音如同衣著，會影響別人看你的態度和觀感
☐ 了解發音的好壞，會影響自信和學習動力
☐ 了解現代社會很注重口語能力，而發音佔了相當重要的部份

3-3 為什麼「發音」這麼重要？（之二）

☐ 了解精進發音能力能讓你擁有比別人更大的優勢
☐ 了解台灣人學習日語發音很容易上手、別浪費天賦！
☐ 了解學習正確的發音技巧、並不會花費更多時間

3-4 「發音」和聽力、會話能力的密切關係

☐ 理解為什麼改善發音能間接提升聽力

☐ 了解要聽懂日本人説的道地日語，最快方法就是自己也
　　具備同樣標準的發音

☐ 了解精準的發音可以產生良性循環、愈學愈有勁

04

Chapter

發音訓練方法──實戰篇

4-1 台灣人常見的八種發音問題

① 長音消失

☐ 了解什麼是「長音」

☐ 了解常見發音問題「長音消失」

☐ 了解日文發音時間不同會產生意思差異

☐ 實際唸一次日文「休憩十五分」，觀察是否有我們提到
　　的長音消失問題

② 促音不見

□ 了解什麼是「促音」

□ 了解常見發音問題「促音不見」

□ 了解日文促音在區別日文單字上的重要功能

□ 實際唸一次「ちょっと待ってください」，觀察是否有我們提到的促音不見問題

③ 台灣人不擅長的五十音發音

□了解日文假名「し、ふ、す」需要特別練習

④ 濁音發音問題

□ 理解日文中清音有「有氣清音」和「無氣清音」二種

□ 理解日文的「有氣清音」對應中文「ㄎㄆㄊ」、「無氣清音」對應中文「ㄍㄅㄉ」

□ 了解中文並沒有「濁音」的發音習慣

□ 了解我們中文母語者很難聽出「無氣清音」和「濁音」的區別

⑤ 母音無聲化

□ 理解什麼是「母音無聲化」

□ 聆聽聲音檔，具體了解什麼是「母音無聲化」

□ 注意「です・ます」結尾的「母音無聲化」發音現象

⑥ 重音問題

☐ 理解日文是以聲音高低來區分字義

☐ 了解日文重音符號的閱讀方式（見頁 140 圖表連結）

☐ 實際將頁 140 圖表的日文字彙唸一次，體會不同重音的差別

⑦ 習慣拖長發音、全部黏在一起

☐ 具體了解什麼是「拖長發音」

☐ 實際用手機錄一次「私は朝起きて、ごはんを食べました。」並和文中提供的聲音檔進行比較，觀察發音是否有拖長

⑧ 聲音沉悶

☐ 觀察一下日本節目主持人、或是動畫角色配音，他們的日語是不是都比較高亢呢？

4-2 解決日文發音問題的八項方法

① 練習容易錯誤的五十音發音和常見重音

☐ 實際練習「し、ふ、す」假名的發音

☐ 熟悉重音記號的閱讀方法、必須能夠很精準地唸出來

☐ 實際用手機或電腦到「weblio」網站查詢日文單字重音

② 使用常見且熟悉的字彙文法

☐ 會話時儘可能使用自己熟悉的文法句型和字彙

☐ 了解使用簡單字彙的好處：發音不容易錯、說話更流暢、對方更容易聽懂

③ 說話時速度放慢、聲音放大

☐ 日文初中級學習者，說話儘可能聲音放大、速度放慢

☐ 學一段時間、熟悉日文語句發音後，再試著加快速度

☐ 了解「聲音放大、速度放慢」的四項優點

④ 以鼻腔共鳴發聲

☐ 聆聽聲音檔，體會「喉嚨發聲」和「鼻腔發聲」的不同之處

☐ 說日文時、試著將說話音調往上調高一些

⑤ 有意識地拉長長音和促音的發音

☐ 說日文時，試著刻意拉長一點「長音」發音

☐ 說日文時，試著在「促音」之處停頓久一點

☐ 了解這二項簡單的方法、可以讓我們說的日文更易懂

⑥ 練習濁音發音「だ・で・ど」

☐ 了解台語當中類似濁音的發音

☐ 以台語發音來實際體會日文濁音的發音方式

☐ 理解台語中沒有「だ・で・ど」的發音

☐ 實際練習日文「だ・で・ど」的發音：ください、おでん、
　うどん

⑦ 使用緩衝語句，防止腦袋一片空白

☐ 了解什麼是「緩衝語句」

☐ 記住本回提到的許多「緩衝語句」

☐ 了解其在會話時帶來的好處：爭取思考時間

⑧ 錄下自己的聲音聽聽看

☐ 了解改善發音的最快捷徑，就是錄自己的聲音聽聽看

☐ 用手機實際錄一小段自己的日文發音（30 秒左右）

☐ 了解最困難的部份不是錄音、而是要鼓起勇氣聆聽自己
　的錄音（笑）

4-3 24 小時待命的發音訓練老師：Siri

☐ 開啟手機語音助理，實際說一句日文給它聽，看是否能
　夠成功辨識你所說的話

05
Chapter

會話能力訓練方法──知識篇

5-1 外語能力無法進步的主因：使用頻率過低

☐ 了解口語能力無法進步的第二項原因：使用頻率太低。
簡單來說，就是太少用了！

5-2 「實際使用」的重要性！

☐ 了解「實際使用」可以幫助記憶
☐ 了解「實際使用」能夠創造自己專屬的詞彙庫，提升會
話能力
☐ 了解「實際使用」可以有效改善自己的錯誤日文

06 會話能力訓練方法──實戰篇

6-1 日文口譯實行的九項高效率訓練方法

① 自言自語

□ 了解「自言自語」訓練方法的好處

□ 實際在一個人的時候用日文自言自語（開車、洗澡、上廁所、睡前等等）。根據經驗，最容易說出口的是「發牢騷」，例如「今日は本当に疲れた〜」

□ 儘可能使用最近學到的文法句型。例如學到「動詞たい形」時，可以使用「北海道に行きたいな、明日の昼ごはんは刺身を食べたいな」等等語句

② 腦中預演

□ 了解「先在腦海進行預演」的三項好處

□ 在和日本朋友、客戶談話、或是到日本旅行時，說話前先試著在腦海中預演一下稍後要說的語句

□ 在時間足夠、從容不迫的時候實行即可。若是緊急情況或是沒有太多時間的時候，可別讓對方等太久

③ 錄音日記

□ 使用手機錄音功能，錄一到三分鐘的聲音日記

□ 最好每天固定時間錄音，較容易持之以恆

□ 錄完後一定要自己聽一次（這是最重要也最困難的部份，很多人沒有勇氣聽自己的錄音）

□ 若不知道該錄什麼內容，可以仿照文中的範例，先寫好簡單文字稿

④ 使用最簡單的字句

□ 記住會話時儘可能使用簡單的字句

□ 了解「使用簡單字句」帶來的好處

□ 在使用外語練習會話時，總是思考一下有無更簡單更易懂的説法

⑤ 活用有聲教材

□ 了解有聲教材的種類

□ 理解有聲教材的好處：利於攜帶、利於複習

□ 實際將手邊教科書的 CD 聲音檔放入手機中

□ 使用手機或電腦版「iTunes」下載至少一項「Podcast」來聽

□ 實際使用日本的新聞網站學習、訓練聽力和閱讀能力
　　1.NHK News Web：http://www3.nhk.or.jp/news/
　　2.NHK News Web Easy：
　　　http://www3.nhk.or.jp/news/easy

3. 日テレ NEWS24：http://www.news24.jp/
4.FNN：http://www.fnn-news.com/

⑥ 無字幕影片
☐ 了解無字幕影片的好處
☐ 若程度為 N3 到 N5 之間，可以先看一遍有字幕的影片、
　再看無字幕的影片
☐ 看的時候，集中注意力在演員的嘴形和臉部表情

⑦ 想像聲音往前穿透
☐ 了解「想像聲音往前穿透」發音方式的好處
☐ 從文中提供的的聲音檔，實際體會發音的不同
☐ 試著和朋友一起練習這樣的發聲方式
☐ 行有餘力的話，可以上網搜尋「腹式發聲」，了解更多
　相關資訊

⑧ 積極參與讀書會、研討會
☐ 加入至少二個 Facebook 日文學習相關社團
☐ 除了「音速日語」之外，再訂閱至少五個 Facebook
　日文學習專頁
☐ 上網搜尋各大學日文系的研討會和講座活動
☐ 每天花三十分鐘，到 Facebook 社團或專頁觀察別人
　如何學習日文

☐ 學習遇到挫折時，到 Facebook 社團或專頁分享遇到
　　的問題、尋求大家建議

⑨ 使用各種便利的網路服務
☐ 實際用用看我們在文中提到的資訊工具和服務

6-2 各種非語言溝通技巧

☐ 理解各種日本和台灣不同的「非語言溝通技巧」，包含
　　表情、視線、肢體動作、習慣等等。

國家圖書館出版品預行編目（CIP）資料

音速老師的日語成功筆記：發音會話篇【圖解版】
／朱育賢著. -- 初版. -- 臺中市：晨星, 2018.01
　　面；　公分. --（Guide book；366）
ISBN 978-986-443-368-1（平裝）

1.日語 2.發音 3.會話

803.14　　　　　　　　　　　　　106020043

Guide Book 366

音速老師的日語成功筆記：發音會話篇【圖解版】

作者	朱育賢 KenC
編輯	余順琪
封面繪圖	屋莎機
封面設計	耶麗米工作室
美術編輯	林姿秀

創辦人	陳銘民
發行所	晨星出版有限公司 台中市工業區30路1號 TEL：04-23595820　FAX：04-23550581 E-Mail: service@morningstar.com.tw http://www.morningstar.com.tw 行政院新聞局局版台業字第2500號
法律顧問	陳思成 律師
承製	知己圖書股份有限公司TEL：04-23581803
初版	西元2018年1月1日
郵政劃撥	22326758（晨星出版有限公司）
讀者服務專線	04-23595819 # 230

印刷	上好印刷股份有限公司

總經銷	知己圖書股份有限公司 台北：台北市106辛亥路一段30號9樓 TEL：02-23672044／02-23672047　FAX：02-23635741 台中：台中市407工業區30路1號 TEL：04-23595819　FAX：04-23595493 E-mail：service@morningstar.com.tw 網路書店 http://www.morningstar.com.tw
郵政劃撥	15060393（知己圖書股份有限公司）

定價 280 元
（如書籍有缺頁或破損，請寄回更換）
ISBN：978-986-443-368-1

Published by Morning Star Publshing Inc.
Printed in Taiwan
All rights reserved.

以下資料或許太過繁瑣，但卻是我們了解您的唯一途徑
誠摯期待能與您在下一本書中相逢，讓我們一起從閱讀中尋找樂趣吧！
姓名：＿＿＿＿＿＿＿＿＿　性別：□ 男　□ 女　生日：　／　／
教育程度：＿＿＿＿＿＿＿＿＿
職業：□ 學生　　　□ 教師　　　□ 內勤職員　　□ 家庭主婦
　　　□ SOHO 族　□ 企業主管　□ 服務業　　　□ 製造業
　　　□ 醫藥護理　□ 軍警　　　□ 資訊業　　　□ 銷售業務
　　　□ 其他＿＿＿＿＿＿＿＿＿＿
E-mail：＿＿＿＿＿＿＿＿＿＿＿＿＿＿　聯絡電話：＿＿＿＿＿＿＿＿
聯絡地址：□□□＿＿＿＿＿＿＿＿＿＿＿＿＿＿＿＿＿＿＿＿＿
購買書名：音速老師的日語成功筆記：：發音會話篇（書號：0103366）
‧ 本書中最吸引您的是哪一篇文章或哪一段話呢？＿＿＿＿＿＿＿＿＿
‧ 誘使您 買此書的原因？
□ 於 ＿＿＿＿ 書店尋找新知時　□ 看 ＿＿＿＿ 報時瞄到　□ 受海報或文案吸引
□ 翻閱 ＿＿＿＿ 雜誌時　□ 親朋好友拍胸脯保證　□ ＿＿＿＿ 電台DJ 熱情推薦
□ 其他編輯萬萬想不到的過程：＿＿＿＿＿＿＿＿＿＿＿＿＿＿＿＿
‧ 對於本書的評分？（請填代號：1. 很滿意 2. OK 啦！3. 尚可 4. 需改進）
封面設計 ＿＿＿＿＿ 版面編排 ＿＿＿＿＿ 內容 ＿＿＿＿＿ 文 / 譯筆 ＿＿＿＿
‧ 美好的事物、聲音或影像都很吸引人，但究竟是怎樣的書最能吸引您呢？
□ 價格殺紅眼的書　□ 內容符合需求　□ 贈品大碗又滿意　□ 我誓死效忠此作者
□ 晨星出版，必屬佳作！□ 千里相逢，即是有緣 □ 其他原因，請務必告訴我們！
――――――――――――――――――――――――――――
‧ 您與眾不同的閱讀品味，也請務必與我們分享：
□ 文學 / 小說　　□ 社科 / 史哲　　□ 健康 / 醫療　　□ 科普
□ 自然　　　　　□ 寵物　　　　　□ 旅遊　　　　　□ 生活 / 娛樂
□ 心理 / 勵志　　□ 宗教 / 命理　　□ 設計 / 生活雜藝　□ 財經 / 商管
□ 語言 / 學習　　□ 親子 / 童書　　□ 圖文 / 插畫　　□ 兩性 / 情慾
□ 其他＿＿＿＿＿＿＿＿＿＿＿＿＿＿＿＿＿＿＿＿＿＿＿＿＿＿
以上問題想必耗去您不少心力，為免這份心血白費，請務必將此回函郵寄回本社，
或傳真至（04）2359-7123。填寫本回函，代表您接受晨星事業群，不定期提供給您
相關出版及活動資訊，感謝您的支持！
若行有餘力，也請不吝賜教，好讓我們可以出版更多更好的書！
‧ 其他意見：

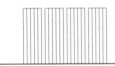
更方便的購書方式：

(1) 網　　站：http://www.morningstar.com.tw
(2) 郵政劃撥　帳號：22326758
　　　　　　　戶名：晨星出版有限公司
　　　　　　　請於通信欄中註明欲購買之書名及數量
(3) 電話訂購：如為大量團購可直接撥客服專線洽詢

◎ 如需詳細書目可上網查詢或來電索取。
◎ 客服專線：04-23595819#230 傳真：04-23597123
◎ 客戶信箱：service@morningstar.com.tw